유언의 노래

유언의 노래

프랑수아 비용

김준현 옮김

Le Testament

François Villon

일러두기

1 프랑수아 비용(François Villon)의 작품 번역과 주석에는 주로 다음의
  판본들을 활용하였다.

François Villon. *Le Testament Villon*. Éd. Jean Rychner et Albert Henry,
  Genève, Droz, 1974.

―――――. *Le Lais Villon et les Poèmes Variés*. Éd. Jean Rychner et
  Albert Henry, Genève, Droz, 1977.

―――――. *Poésies complètes*. Éd. Claude Thiry, Paris, Librairie
  Générale Française, 1991.

―――――. *Poésies*. Éd. Jean Dufournet, Paris, GF-Flammarion, 1992.

―――――. *Lais, Testament, Poésies diverses*. Éd. Jean-Claude
  Mühlethaler et Eric Hicks, Paris, Champion, 2004.

―――――. *Œuvres complètes*. Éd. J. Cerquiglini-Toulet et Laëtitia
  Tabard, Paris, Gallimard, 2014.

2 『유증시』와 『유언의 노래』에 수록된 8행시들의 경우, 원래는 별도의 제명이
  붙어 있지 않다. 번역의 경우, 독자의 편의를 위해 해당 8행시의 첫 줄 혹은
  주요 문구를 제명으로 삼았음을 밝혀 둔다.

프랑수아 비용은 뻥깐을 코잎에 두고 도밍가다가

붙잡히기 전에, 재빨리, 숲 속에서, 교묘하게 죽었네.

그러나 그의 뻔뻔스러운 영혼은 앞으로도 변함없이

사라지지 않는 이 짧은 노래처럼 오래오래 살아 있을 것이네

그가 사지를 뻗고 쓰러져 죽었을 때

이 뻗어 버리는 것도 맛있음을 그는 늦게서야 힘들게

　　깨달았네.

　　── 베르톨트 브레히트, 「프랑수아 비용에 대하여」에서

차례

1부

유증시

Lais

성탄절 무렵, 생기 없는 죽음의 계절

성탄절 무렵, 생기 없는 죽음의 계절,
앞서 내가 말했던 그때,
늑대들 바람을 먹고 살아가는 때,
또 농무(濃霧)와 서리로 인해, 모두들 제 집에 틀어박혀,
깜부기불 근처에 머무르는 때,
한 가지 소망 나를 사로잡으니,
내 마음을 조각내는
지극한 사랑의 감옥을 깨뜨리고 싶구나.

〔II, 9-16〕

저 부드러운 눈길

그런데 내 가슴속까지 꿰뚫는
저 부드러운 눈길과 아름다운 외양을
저리도 위선적인 풍취(風趣)로 인해
내게 호의적인 것으로 여긴다면,
그것들은 내게 다리에 흰 점 박힌 말이거니와,[1]
정작 긴요할 때는 내게 없는 것이니,
내 다른 땅에 심어야만 하며
다른 주형(鑄型)에 찍어야만 하리라.[2]

〔IV, 25-32〕

이별이 내게 아무리 가혹한 것이라 하더라도

이별이 내게 아무리 가혹한 것이라 하더라도,
그럼에도 나는 그녀를 떠나야만 하네.
내 모자란 분별력으로도 알 수 있듯이,
나 아닌 다른 자가 그녀의 총애의 대상이 되었으니
불로뉴의 간한 청어라 할지라도
이보다 더 목말라하지는 않으리라.[3]
이는 내게 비통한 일이니
신이여 제 탄식을 들어주소서!

〔VII, 49-56〕

나 떠나야만 하건만

나 떠나야만 하건만
돌아올 기약은 없구나.
(나, 흠 없는 사람도 아니고
강철이나 주석으로 만들어진 것도 아닌 터,
인간의 삶은 불확실하고
죽은 다음에는 너무 늦을 터라)
─ 나, 머나먼 곳으로 떠나가기에 ─
이 유증시를 마련하노라.

〔VIII, 57-64〕

죽어 생기 없는 내 심장을

마찬가지로, 그처럼 잔혹하게 나를 거부한,
나에게서 즐거움을 금하고,
또 일체의 쾌락을 쫓아낸,
내가 말했던 그 여인에게는
핏기 없고 가련한, 죽어 생기 없는 내 심장을[4]
유물함에 넣어 남긴다.
알면서도 그녀 내게 이러한 불행을 안겨 주었지만,
신이여, 그녀의 죄를 사해 주소서!

〔X, 73-80〕

산도 골짜기도 분간하지 못하는

또 로베르 발레,
산도 골짜기도 분간하지 못하는
고등법원의 불쌍한 서기에게[5]
내 주된 유증물로 정하노니,
선술집 '장딴지'에 담보물로 잡힌
내 짧은 반바지를,
그의 연인인 잔 드 밀리에르에게
매우 걸맞은 머리쓰개가 되도록,[6]
그에게 즉시 주기 바란다.

〔XIII, 97-104〕

페르네 마르샹에게

그리고, 라 바르의 사생아라 불리는
페르네 마르샹에게,
그가 훌륭한 상인인 까닭에,
짚 세 다발을 남겨 주니,
이는 땅바닥에 그것을 펼치고
사랑의 상업에 전념하도록 하기 위해서이다.
그 일에서 그의 생계를 찾아야만 할 터이니,[7]
그가 다른 직업을 갖고 있지 않기 때문이다.

〔XXIII, 177-184〕

수도사들과 수녀들에게

또, 탁발종단 수도사들과
신의 딸들, 베긴회 수녀들에게 나 남기니,
식욕을 돋우는 맛있는 음식들,
통통하게 살찐 거세한 수탉, 플랑 과자, 기름진 암탉,
그리고 또 최후 심판의 열다섯 가지 전조들을 알리고
　　설교하는 권리,
양손으로 돈과 기증물들을 긁어모으는 권리를.
카르멜파 수도사들이 근처의 여자들 위에 올라타나,
하지만 그것은, 극히 소소한 일에 지나지 않는다.

〔XXXII, 249-256〕

명성 높은 비용에 의해 쓰였도다

명성 높은 비용에 의해 쓰였도다
앞에서 언급한 때에.
무화과도 대추야자 열매도 먹지 않았건만
소제용 솔처럼 마르고 검은 그는,
막사도 천막도 없으니
벗들에게 전부 넘겨주었고
금세 없어질 터인
몇 푼의 돈밖에는 가진 것이 없어라.

〔XL, 313-320〕

2부

유언의 노래

Testament

내 나이 서른 살에

내 나이 서른 살에 이른 해,
그때 온갖 치욕을 마셨고,
수없는 고초를 겪었음에도 불구하고,
전적으로 어리석지도 그렇다고 전적으로 현명하지도 않다.
나 받았으니, 그 모든 고난들을
티보 도시니 수하(手下)에서……[8]
그가 주교라, 거리에서 십자성호를 그어 강복해도,[9]
나의 주교일 수는 없으니, 나 이를 거부하노라.

〔I, 1-8〕

제게 했던 그대로를 그에게도 행하소서

내 영주도 내 주교도 아니니,
그의 권위 아래에서는 어떤 봉토도, 황무지라 해도, 받지
    않으며,
그에게는 가신으로서의 충성도 봉사의 서약도 빚진 것
    없고,
나는 그의 수사슴도 암사슴도 아니다.[10]
한여름 내내, 빵 쪼가리 약간과
냉수를 내게 먹였지.
그가 실제로 후한지 박한지 모르지만, 내게는 매우
    인색했다.
신이시여, 제게 했던 그대로를 그에게도 행하소서![11]

〔II, 9-16〕

그의 영혼과 육신도 동일하게 대하소서

그런데, 내가 그를 저주한다고
혹 누군가 나를 꾸짖고 나무라고자 한다면,
내가 그러지 않았음을, 내 말을 잘 이해한다면, 알게 되리라.
그에 대해 나 아무것도 잘못 말한 것 없음을.
그에 대한 내 악담은 바로 이것이 전부이니,
그가 내게 자비심을 보였다면,
천국의 왕, 예수여,
그의 영혼과 육신도 동일하게 대하소서!

〔III, 17-24〕

신의 심판에 맡기리라

또 바라오니, 영원하신 신이시여,
내가 여기 폭로하는 것보다 훨씬 더,
그가 내게 가혹하고 잔인했다면,
동일한 방식으로, 그에게도 상응하게 대하소서.
그런데 교회는 우리에게 말하고 가르치기를,
우리의 적들을 위해 기도하라 하시니,[12]
나 그대들에게 말하리라, 내가 받은 부당함과 치욕,
그가 내게 했던 행동 일체를, 신의 심판에 맡기리라!

〔IV, 25-32〕

파가르퐁의 기도를 하리라

하지만 나 진심으로 그를 위해 기도하리라,
고인이 된, 호인 코타르의 영혼에 이름을 걸고서!
그런데 어떻게! 그러니까 그 기도는 마음으로 할 것인즉,[13]
이는 소리 내어 읊조리는 것이 성가시기 때문이니,
피카르퐁의 기도를 하리라.[14]
이런 기도를 그가 알지 못한다면, 배우러 가기를!
내 말을 믿는다면, 너무 늦기 전에,
플랑드르의 두에나 릴로.[15]

〔V, 33-40〕

그렇지만, 그를 위해 무엇을 기도하는지

그렇지만, 그를 위해 무엇을 기도하는지 그가 귀로 듣기를
　　원한다면,
내 세례 때 받은 신앙을 걸고 맹세하거니와,
비록 내가 한 명 한 명에게 모두 기도 내용을 떠들지는
　　않겠으나,
그의 기대가 실망으로 바뀌는 일은 없을 것이다.
내가 그렇게 할 수 있을 때면,
소가죽이나 산양 가죽으로 장정된 것은 아니지만,
시편 성가집에서, 'Deus laudem' 시편의
일곱 번째 적힌 시절을 고르리라.[16]

〔VI, 41-48〕

최종 유언

나 자신, 약함을,
건강상보다는 금전상 더 느끼기에,
내 지각과 분별력이 온전한 때,
(비록 변변치 않으나 신이 빌려주신,
내가 그 외의 사람들에게 빌린 적이 없으니,)
내 최후의 유지(遺志),
전체가 유효하기로는 단 하나의 것이자 취소 불가능한,
이 확고한 최종 유언을 작성한다.

〔X, 73-80〕

내가 유언을 쓴 것은 1461년

내가 유언을 쓴 것은 1461년,
국왕께서 뫵의 가혹한 감옥에서
나를 자유롭게 풀어 주시고,[17]
또 생명을 되살려 주신 때이니,
그렇기에 나는, 내 심장이 살아 뛰는 한,
그분에게 겸허히 복종해야 할 것이며,
죽을 때까지 그리하리라.
그분의 은사를 망각해서는 아니 되기에.

〔XI, 81-88〕

내 비참함의 가장 밑바닥에서

하지만, 내 비참함의 가장 밑바닥에서,

한 푼도 없이 여행하고 있을 때,

복음서가 전하듯,

엠마우스의 순례자를 위무(慰撫)하신 신은,[18]

내게 복된 도시를 보여 주시고,

또 '희망'이라는 선물을 베푸셨도다.

그 죄가 아무리 추악하다 해도,

신께서는 악에 대한 집착만을 미워하시기에.

〔XIII, 97-104〕

나는 죄인이니

나는 죄인이니, 나도 그 점을 잘 알고 있다,
하지만 신께서는 내 죽음을 원하지 않으시고,
죄에 빠진 다른 모든 사람들에게도 바라시듯,
내가 회개하고 올바르게 살기를 원한다.[19]
내가 죄를 범한 채 죽는다 하더라도,
신은 보고 계시며, 또 그분의 자애로움은,
내가 양심의 가책을 느낄 때,
은총으로 나를 용서해 주신다.

〔XIV, 105-112〕

또 고준(高峻)한 『장미 이야기』의
처음 시작 부분에서,
청춘기의 젊은이를,
노년기의 현명해진 그를 보게 될 때,
응당 용서해야 한다고,
이야기하고 공언하듯이. 아, 그 말이 옳도다!
하나 내 심신을 잔혹하게 짓누르는 자들은
원숙에 이른 나를 보려 하지 않는다.[20]

〔XV, 113-120〕

알렉산드로스 왕의 치세에

알렉산드로스 왕의 치세에
디오메데스라 불리는 자가
강도처럼, 엄지와 손가락들에 족쇄가 채워져서,
왕 앞에 끌려왔으니,
그것은 이자가, 바다를 종횡으로 누비던,
수적(水賊)이었기 때문이다.
사형(死刑)을 판결받기 위해,
이렇듯 심판자 앞에 세워진 것이었다.[21]

〔XVII, 129-136〕

황제는 그에게 이렇게 말을 건넸다.
"네가 수적이 된 까닭이 무엇이냐?"
그는 황제에게 대답했다.
"나를 도적이라 부르는 까닭이 무엇인가?
작고 보잘것없는, 길쭉한 협선에 올라,
바다를 누비는 나를 보았기 때문인가?
내가, 그대와 마찬가지로 무장할 수 있었다면,
그대처럼, 나도 황제였으리."

〔XVIII, 137-144〕

그런데 그대는 무엇을 원하는가?
그를 거역해서는, 나 진정 아무것도 할 수 없었고,
나를 그토록 부당하게 대우했던, 내 운명에서,
이 모든 행실이 유래한 것을.
적으나마 나를 용서하고,
또 알아 두시오, 이 말은 흔히 쓰이는 말이니,
극도의 빈궁 속에는,
청렴과 명예가 머물지 않음을.

〔XIX, 145-152〕

디오메데스의 이야기 모두를
황제는 심사숙고했고,
"너의 운명을, 내 바꾸어 주리라,
악운을 행운으로."라고 그에게 말했다.
그리고 그와 같이 행하였다. 그 이후로 그는 어느
 누구에게도
상처 입히는 말을 하지 않았고, 올바른 사람이 되었다.
이는 로마의 위대한 현자로 명성 높은,
발레리우스가 실화라 전한 것이다.

〔XX, 153-160〕

만약 신께서 나를

만약 신께서 나를
또 다른 연민 가득한 알렉산드로스 왕과 만나게 하시어,
그가 나를 복된 길로 인도하였는데도,
그때 내가 죄악에 다시 빠지는 모습을 보인다면,
내 입으로 직접 나 자신을 판결하여,
화형에 처하고 재가 되게 단죄하리라.
궁핍이 사람들로 하여금 죄를 범하게 하고,
굶주림이 늑대를 숲에서 나오게 만드는구나.

〔XXI, 161-168〕

나, 청춘 시절을 애통하게 후회하니

나, 청춘 시절을 애통하게 후회하니,
노년의 입구에 이르기까지,
그동안, 다른 누구보다도 향락의 삶을 살았건만,
청춘 시절은 자신이 떠나는 것을 내게 숨겼어라.
두 발로 걸어서 가 버린 것도 아니고,
말을 타고 가 버린 것도 아니라, 아! 그렇다면 어떻게?
돌연 날아가 버렸고,
내게는 어떤 시혜도 남기지 않았구나.

〔XXII, 169-176〕

어리석었던 청춘 시절

나도 잘 알고 있으니, 어리석었던 청춘 시절,
학문에 열중하고,
바른 몸가짐에 전념했더라면,
집과 포근한 잠자리를 가졌을 것을……
그런데 어쩌랴! 나 학교에서 도망쳤으니,
못된 아이가 그러하듯이.
이 말을 쓰다 보니,
내 심장이 금방이라도 터질 것만 같구나.

〔XXVI, 201-208〕

현자의 말씀을 지나치게 호의적으로
마음속에서 믿었으니, 이는 분명 내 잘못이라!
그 말씀은 "내 아들아, 즐기거라,
너 젊은 시절에."라는 것이었다. 그런데,
다른 곳에서는 또 다른 요리를 제공했으니,
그것은 "유년과 청춘은
과오와 미망일 뿐이라는 것이었다."
— 이는 그가 말한 그대로이며, 더도 덜도 아니다   22)

〔XXVII, 209-216〕

나의 하루하루는 재빨리 지나간다

나의 하루하루는 재빨리 지나간다,
베 짜는 이가 손에 불붙은 지푸라기를 쥐고 있을 때
천 자락의 실밥이 그러하듯.
욥은 이렇게 말했으니,[23]
튀어나온 실밥이 조금이라도 있으면,
금세 한순간에 이를 없애 버린다.
그렇기에 어떤 일이 내게 밀려와도, 나는 두려워하지 않으니,
이는 모두 죽음으로 끝나기 때문이다.

〔XXVIII, 217-224〕

죽음의 무도

나는 잘 안다, 가난한 자이건 부자이건,
현명한 자이건 어리석은 자이건, 성직자이건 속인(俗人)이건,
귀족이건 천민이건, 후덕한 자이건 인색한 자이건,
작은 자이건 큰 자이건, 미남이건 추남이건,
높은 모자를 쓰고,
들어 올린 목깃의 옷을 입은 귀부인이건,
어떠한 신분이건 간에,
죽음은 예외 없이 제 손아귀에 잡아넣는다는 것을.

〔XXXIX, 305-312〕

또 파리스나 헬레나도 죽음을 맞이하며
죽는 자는 누구든, 고통을 겪으며 죽는다.
숨결과 호흡을 잃는 자,
담즙은 그의 심장 위로 흘러 퍼지고,
땀을 흘린다, 신만이 아실 그런 땀을!
그런데 누가 그의 고통을 덜어 주겠는가?
자식도 형제도 자매도
그때 그를 대신해 주고자 하지 않는 것을.

〔XL, 313-320〕

죽음은 몸을 떨게 하고

죽음은 몸을 떨게 하고, 얼굴은 창백하고
코는 구부러지고 혈관은 부풀어 올라,
목은 붓고 살은 물러지며,
관절과 힘줄은 굵어지고 늘어나게 된다.
그렇듯 부드럽고 매끈한,
달콤하고 그리도 값진, 여인의 육체여
그대도 이런 고통을 감내해야만 하는가?
그렇다, 산 채로 하늘에 오르지 않는 한.

〔XLI, 321-328〕

거년(去年)의 미녀들에 대한 발라드

말해 다오, 어디, 어느 곳에 있는지
로마의 미녀 플로라는,
한 핏줄의 자매 같던
이르기피아네스와 타이스는,
강물 위나 못 위에서
소리 일렁일 때면 답하는
인간의 미를 뛰어넘는 아름다움을 지녔던 에코는,
그런데 거년의 눈은 어디에?[24]

어디에 있나, 그리도 지혜롭던 엘로이즈?
피에르 아벨라르가 거세당하고
후에 생드니의 수도사가 되었던 원인이 된 여인은?
사랑 때문에, 그는 그런 고통을 겪었지.
마찬가지로 어디 있는가,
뷔리당을 자루에 넣어
센 강에 던지게 명했던 그 왕비는?
그런데 거년의 눈은 어디에?

세이렌의 목소리로 노래 불렀던
백합 같던 왕비 블랑슈,
큰 발의 베르트, 비에트리스, 알리스,
멘을 다스리던 아랑뷔르지스,

그리고 영국군이 루앙에서 화형시킨
용감한 로렌 처녀 잔 다르크,
이 여인들은 어디, 어느 곳에? 성모마리아여!
그런데 거년의 눈은 어디에?

왕후여, 묻지를 마오, 그녀들 어디에 있는지,
이 주일 내내, 또 이해 내내,
이 후렴구를 되짚어 봄 없이는.
그런데 거년의 눈은 어디에?

〔Ballade des dames du temps jadis, 329-356〕

아름답던 투구상 아낙의 한탄

수많은 남자들을 거절했으니,
이는 한 간교한 젊은이에 대한 사랑 때문이었고,
그에게 내 사랑을 듬뿍 주었거늘,
이는 내 입장에서 현명한 생각이 아니었다.
다른 사람들에게는, 물론 거짓 태부림을 부렸지만,
내 영혼에 맹세코, 그는 진정 사랑했다.
그런데 그는 나를 혹독하게 다루기만 했고,
오직 내 돈을 보고 나를 사랑했다.

〔XLIX, 469-476〕

어떻게 변했는가, 그 매끈한 이마,
황금빛 모발, 그 활처럼 둥근 눈썹,
넓은 미간, 지극히 교활한 사내도 사로잡는
그 생기발랄한 눈길,
크지도 작지도 않은, 그 아름답고 오뚝한 코,
잘 만들어진 그 작은 두 귀,
보조개가 있는 뺨, 환하고 섬세한 얼굴,
그리고 그 아름답고 붉은 입술은.

〔LII, 493-500〕

43

이제 이마는 주름이 지고
머리는 잿빛으로 물들고 눈썹은 희미하고
웃음 머금은 시선으로 많은 상인들을 사로잡았던
눈은 빛을 잃고
코는 비틀어져 귀여움이 사라지고
귀는 늘어져 잔털로 덮이고
얼굴은 창백하게 메말라 생기가 없고
턱은 주름 잡히고 입술은 쭈글쭈글하게 되었도다.

〔LIV, 509-516〕

— 이것이 인간의 아름다움의 끝이니 — ,
팔은 짧아지고 손은 쪼그라들어 자유로이 놀릴 수 없고,
어깨는 온통 굽고,
유방은, 무엇이라? 모두 오그라들고,
엉덩이는 젖가슴과 마찬가지이며,
음문(陰門)은, 아악! 넓적다리의 경우는,
더 이상 넓적다리가 아니라,
순대처럼 반점으로 얼룩진, 외관만 넓적다리이니!25)

〔LV, 517-524〕

44

이제 이 경솔한 연인들은

이제 이 경솔한 연인들은 버림받고,
귀부인들이 주도권을 잡아 그들을 가지고 논다.
그것이 연인들이 응당 받게 되는 진짜 보수이니,
감미로운 입맞춤과 포옹을 찾게 된다고 해도,
사랑 안에서는, 모든 신실함이 멸절된다.
개, 새, 무구(武具), 사랑과 함께하면,
이는 널리 퍼진 분명한 진실이니,
즐거움 한 가지에 백 가지 고통이로다.

〔LXIV, 617-624〕

나를 속였고, 또 늘 믿게 만들었다.

나를 속였고, 또 늘 믿게 만들었다,[26]
이것은 다른 저것이고.
밀가루는 재이며,
법모(法帽)는 펠트 모자라고,
고철 찌끼는 주석이고,
주사위 1이 두 개 나온 것은 주사위 3이 두 개 나온 것으로,
— 사기꾼들은 늘 남을 속이며,
그리하여 방광을 초롱이라 믿게 만든다.[27]

〔LXVII, 689-696〕

하늘은 넓은 청동 프라이팬이고
구름은 송아지 가죽
새벽 여명은 저녁 박명이고
양배추 속은 무라고.
역한 맥주는 갓 만든 포도주이고
공성(攻城) 무기는 풍차,
교수형 밧줄은 실타레이며
비계 낀 수도원장은 군사(軍使) 부관이라 믿게 했어라.[28]

〔LXVIII, 697-704〕

나 임종의 갈증이 다가오는 것을 알고 있으니

나 임종의 갈증이 다가오는 것을 알고 있으니,
솜같이 하얗고, 공처럼 큰
담을 내뱉고 있다.
이는 무엇을 의미하는 것인가? 젊은 여인들이,
나를 더는 젊은 사내로 여기지 않고,
깃털 빠진 늙은 잡종 매로 본다는 것이구나.
목소리와 어조가 늙은이 같지만,
나 어리석은 젊은 매일 따름이건만.

〔LXXII, 729-736〕

'그 밖의 것을'!

신께 감사를…… 또 타크 티보 덕에[29]
그는 내게 차가운 물을 엄청나게 많이 먹였고,
높은 언덕 위에서가 아니라, 지하 토굴 안에서,
또 무수하게 쓰디쓴 배를 먹게 했지,[30]
쇠사슬에 묶어 놓은 채…… 그때를 나 기억하니,
나, 그를 위해, 또 그에게 속한 모두를 위해, 기도드린다.
신이시여, 그에게 내리소서, 진정으로, 진정으로
제가 생각하는 것을, 또 '그 밖의 것을'!

〔LXXIII, 737-744〕

그렇지만, 나 악의는 없으니,
그에게도, 또 그의 검찰관에게도,
마찬가지로, 유쾌하고 상냥한
그의 종교재판소 판사에게도.
그 외의 사람들은 나와 무관하나,
작은 로베르는 예외로 한다.
나 그들 모두를 한데 묶어서 사랑하니,
롱바르가 신을 사랑한 것과 마찬가지로.[31]

〔LXXIV, 745-752〕

나 분명 기억하고 있으니

나 분명 기억하고 있으니, 신의 도우심으로,
1456년, 떠나갈 때,
나 약간의 유증물들을 남겼으나,
어떤 자들은, 나의 동의 없이
이를 유언이라 부르고자 했다.
그것은 그들의 의향, 내 뜻이 아니다.
그러나 어찌하랴! 모두들 입을 모아 말하기를
자기 것이라 해도 그 주인이 제 뜻대로 할 수 없다 하니.

〔LXXV, 753-760〕

기욤 드 비용 어르신께

그리고, 내게 아버지 이상의 분이었던
기욤 드 비용 어르신께,[32)]
그분은 강보에서 갓 나온 아이인 내게
어머니 이상으로 부드러운 분이셨고,
— 나를 수많은 곤경에서 구해 주셨다.
그런데 이번 경우에는 달가워하지 않으시는구나.
그렇기에 무릎 꿇고 그분에게
이에 관한 모든 기쁨을 내게 남겨 달라 청한다.

〔LXXXVII, 849-856〕

그분에게는 내 서가의 장서와
『악마의 방귀 이야기』를 드리니,
이 이야기는 진실하고 정직한 사람인
기 타바리가 훌륭한 사본을 만든 것으로,[33)]
묶어 장정하지 않은 상태로 탁자 아래 두었다.
거칠고 투박하게 만들어지기는 했지만,
그 제재가 매우 유명한 것이기에
모든 결점들을 보상해 줄 만한 것이다.

〔LXXXVIII, 857-864〕

내 불쌍한 어머니께

또한, 내 불쌍한 어머니께 드린다.
여주인이신 성모마리아께 기도드리기 위해.
어머니는, 나로 인해, 쓰라린 고통을 당하셨고,
신께서 아시듯, 무수한 슬픔 또한 겪으셨다.
─ 가혹한 재앙이 내게 밀려들 때면,
내 몸과 마음의 피난처 삼을 곳이라고는,
나 다른 성도 성채도 없으니,
오직, 불쌍한 여인, 내 어머니뿐이라 ─ .[34]

〔LXXXIX, 865-872〕

성모에게 기도드리는 발라드

천상의 마님, 지상의 섭정모후,
지옥소(地獄沼)의 여왕이시여,[35]
저를 받아들여 주소서, 당신의 비천한 신자를,
비록 저 아무런 값어치도 없지만,
당신의 선택받은 자들 사이에 들 수 있게 해 주소서.
나의 마님, 나의 주인이시여, 당신으로부터 오는 은총은
제가 지은 죄보다 훨씬 더 크며,
당신 은총 없다면, 천국에 값할 수 있는 자 아무도 없고,
또 어떤 사람도 천국에 갈 수 없으니, 이는 거짓 없는 제
     진심입니다.
이러한 믿음 속에서 저 살다 죽고자 하옵니다.

당신 아드님께 제가 그분을 섬기는 신자임을 전해 주소서.
그분을 통해, 저의 죄업들이 사해지게 하시며,
그분이 저를 용서하게 하소서, 이집트 여인에게 하셨듯이,
혹은 악마를 섬기겠노라 계약을 맺었음에도 불구하고,
당신의 도움으로 계약에서 풀려나 죄의 사함을 받았던
성직자 테오필루스에게 하셨던 것처럼.
결코 그와 같은 죄를 범하지 않도록 저를 지켜 주소서,
미사에서 찬송하는 성체를,
성스러운 동정녀의 몸으로, 품으신 성모여.
이러한 믿음 속에서 저 살다 죽고자 하옵니다.

저는 늙고 불쌍한,

아무것도 알지 못하고, 글자 한 자 읽을 수 없는 여인입니다.

제가 속한 교구의 교회에서, 저는 봅니다,

하프와 류트가 있는, 그림으로 묘사된 천국을,

그리고 단죄받은 죄인들을 불길에 끓이는 지옥을.

하나는 저를 두렵게 하며, 다른 하나는 기쁨과 즐거움을
　　줍니다.

전능하신 여신이시여, 제가 기쁨을 얻도록 해 주소서,

죄인들 모두 당신께,

충만한 믿음으로 소홀함과 나태함 없이, 도움을 청할 수밖에
　　없으니,

이러한 믿음 속에서 저 살다 죽고자 하옵니다.

거룩하신 성모여, 여왕이시여, 당신께서는

영원무궁토록 세상을 다스리시는 예수를 태중에 가지셨고,

전능하신 그분께서는, 미약한 인간의 모습으로,

천상을 떠나 우리를 구하러 오셨고,

당신의 눈부시게 빛나는 젊음을 죽음에 바치셨으니,

바로 그분이 우리 주님이시며, 또 그렇게 저 역시 믿나이다.

이러한 믿음 속에서 저 살다 죽고자 하옵니다.[36]

〔Ballade pour prier Notre Dame, 873-909〕

이 발라드를 그녀에게

이 발라드를 그녀에게 전하니,
이것은 각 시행이 모두 R로 끝나는 것이다.[37]
누가 그녀에게 전할까? 어디 보자……
라 바르의 페르네가 되겠구나,[38]
순찰하던 중에,
혹 비틀어진 코의 내 아가씨를 만나게 되면,
대뜸 그녀에게 이렇게 말한다는 조건으로.
"더러운 창녀, 어디에서 나오는 길이냐?"

〔XCIII, 934-941〕

연인에게 보내는 발라드³⁹⁾

그처럼 비싼 값을 치르게 만든 허울뿐인 미녀여,
실상은 맹혹한 가식적인 온유함,
강철보다 더 씹기에 딱딱한 사랑,
내 파멸을 확신하며, 나 이를
한 불쌍한 마음을 죽음에 이르게 하는, 간악한 매력이라
　　부를 수 있으니,
사람들을 죽음으로 이끄는 감추어진 오만,
냉혹 무비한 눈, 엄정한 법은 바라지 않는가,
고통스럽게 짓누르는 대신, 한 불쌍한 자를 구해 줄 것을?

내가 다른 곳에서 구원을 찾았더라면
더 좋았을 것을, 또 내 명예를 지킬 수 있었을 것을.
어떤 것도 나를 이 사랑 밖으로 낚아챌 수 없었으니,
나는 수치스럽게 멀리 도망치는 길밖에 없다.
도와주오, 도와주오, 크게 또 작게!⁴⁰⁾
무엇인가? 싸우지도 않고 나 죽어야 하나?
그렇지 않다면, 이 반복구를 듣고, 연민의 마음 생겨
고통스럽게 짓누르는 대신, 한 불쌍한 자를 구해 줄 것을?

그대의 활짝 핀 꽃이 말라 버리고,
누렇게 되고, 시들어 버리는 때가 올 것이니,
내가 그때도 턱을 움직일 수 있다면, 이를 보고

가가대소하리라,
그러나, 안 될 말이니, 이는 어리석은 짓.
나 늙게 될 것이고, 그대는 생기 잃고 추해질 것이니.
그러니 실컷 마시라, 시냇물이 흐르는 한.
모든 사람들에게 이런 고통을 주지 말라.
고통스럽게 짓누르는 대신, 한 불쌍한 자를 구해 줄 것을.

연애의 왕후여, 연인들 가운데 가장 위대하신 분이여,
나 당신의 심기를 불편하게 하는 것 원치 않습니다,
하지만, 고귀한 마음을 지닌 사람 모두는 응당,
고통스럽게 짓누르는 대신, 한 불쌍한 자를 구해주어야
　　하니.

〔Ballade à s'amie, 942-969〕

단시

죽음이여, 그대 혹독함을 원망하여 제소하니,[41]
그대 내게서 내 사랑하는 여인을 앗아 갔구나,
그대 그것으로도 만족하지 않아
나를 비탄과 고통에 침잠하게 하는구나.

그 이후로, 나 아무런 힘도 기력도 없구나.
생전에, 그녀가 무슨 해악을 그대에게 끼쳤더란 말인가?
죽음이여, [그대 혹독함을 원망하여 제소하니
그대 내게서 내 사랑하는 여인을 앗아 갔구나.]

우리 몸은 둘이었지만, 마음은 하나였으니,
그 마음 죽었다면, 나 또한 죽어야만 하고,
정녕, 생명 없이 살아야만 하리.
겉보기만 살아 있을 뿐인, 조상(彫像)이나 환영처럼.

죽음이여, [그대 혹독함을 원망하여 제소하니
그대 내게서 내 사랑하는 여인을 앗아 갔구나,
그대 그것으로도 만족하지 않아
나를 비탄과 고통에 침잠하게 하는구나.][42]

〔Lay, 978-989〕

피에르 생타망의 아내에게는

또한, 피에르 생타망의
아내에게는, 그녀가 나를
걸식자와 같은 부류로 취급했던 것을 고려해,
── 하지만, 그녀의 영혼이 죄업에 물들었을지라도,
신께서 그녀를 자애로이 용서해 주시기를! ──
움직일 줄 모르는 '백마'를 대신해서
젊은 빈마(牝馬) 한 마리를,
또 '암노새'를 붉은 당나귀 한 마리로 바꿔 준다.[43]

〔XCVII, 1006-1013〕

자크 라기에에게

또한, 자크 라기에에게는
그레브 광장의 '큼지막한 술잔'을
4플라크를 지불한다는 조건에서 주니,[44]
그로 인해 그가 언짢기는 하겠지만,
장딴지와 정강이를 덮는 것을 팔아야만 할 터이고,
슬리퍼를 신고, 다리를 드러낸 채, 가야만 할 것이다.
앉아서든 서서든,
선술집 '솔방울'의 구멍에서, 나 없이 마신다면 말이다.

〔CI, 1038-1045〕

대장 장 리우에게

대장 장 리우에게,[45]
그뿐만 아니라 그의 궁사들을 위해서도
늑대 머리 여섯 개를 준다.
이는 돼지치기에게 가당치 않은 고기인즉
푸주한의 큰 맹견에게서 빼앗아
싸구려 포도주로 요리한 것,
이 귀한 진미를 먹기 위해서라면
무슨 짓이든 불사할 터라.[46]

〔CXII, 1126-1133〕

탁발종단 형제들과 수녀들에게

또한, 탁발종단 형제들과,
신심 깊은 수녀들, 그리고 베긴회 수녀들에게는,
파리에 있든 오를레앙에 있든,
뉘블뤼팽 남신도이든 여신도이든 간에,[47]
기름진 자코뱅 요리와
플랑 과자를 봉헌한다.
그런 연후에는 침상의 휘장 속에서
명상에 관해 논해도 무방하리라.

〔CXVI, 1158-1165〕

61

젊은 메를에게

다음으로, 젊은 메를이,[48]
이제부터 내 환전 업무를 관리하기 바란다,
실은 나 이 일에 전념하는 것이 내키지 않기 때문이라,
단, 아는 이가 되었든 혹 이국인(異國人)이 찾아오든 간에, 늘
에퀴 세 개는 브르통 방패 여섯 개로,[49]
꼬마천사 두 개는 대천사 한 개로[50]
바꾸어 준다는 조건을 달아 둔다,
이는 연인이라면 응당 후해야 하기 때문이다.

〔CXXVI, 1266~1273〕

62

내 불쌍한 세 고아들

또한, 이번 여행에서 나 알게 되었으니,
내 불쌍한 세 고아들[51]
장성하여 어른이 되었고,
또 이제는 우둔하지 않아
여기에서 살랭에 이르기까지
그들보다 더 기민한 아이는 없다는 것을.
마튀랭 수도회에 따르면
이러한 젊은이는 어리석지 않으니.

〔CXXVII, 1274-1281〕

그렇지만, 그들이 체벌을 받는 한이 있더라도,
예절은 배우고 익히기를 바라니,
모자를 잘 눌러 쓰고
허리띠에 엄지손가락을 댄 채,[52]
모든 사람들 앞에서 겸손하게,
"뭐요? 뭐라고요? 그런 것이 아니지요!"라고 말하면,[53]
그때 사람들은 필경 이렇게 말하리라.
"그대들 훌륭한 가문의 아이들이로나!"

〔CXXX, 1298-1305〕

곤궁한 성직자들에게

또한 지난날 내 권리를 양도한 적이 있던
곤궁한 성직자들에게,[54)
—— 그들이 선량한 아이들이며
등나무처럼 꼿꼿한 점을 보아,
그 권리를 양도했던 것인즉 ——
이제 귀드리 기욤의 집에 대해
법이 정한 대로 정해진 기일에 받게 되는 지대권을 할당하니
이는 수중에 넣은 것처럼 확실한 것이로다.

〔CXXXI, 1306-1313〕

비록 그들이 어리고 장난치기를 즐기지만[55)
이런 점에 대해 나 하등의 불쾌감도 없으니
30년 혹은 40년이 지나면
이 아이들도 전적으로 달라질 것이라, 신의 뜻이
   그러할진대![56)
그들을 살뜰히 대하지 않는 것은 잘못된 처사이니
그들은 매우 우량한 아이들이라,
또 그들을 때리거나 치는 자 어리석으니
그도 그럴 것이 아이들은 그렇게 어른이 되기 때문이다.

〔CXXXII, 1314-1321〕

따라서 나 성직록 교부자에게

각각을 위한, 같은 내용의 동일한 편지를 쓰니,

그들이 자신들의 후원자를 위해 기도드리기를,

그러지 않을 경우, 그들의 귀를 잡아당길지어다!

어떤 이들은 내가 이 두 아이에게 이토록 애정을 기울이는
　　것에

대경실색할지도 모르나,

모든 성인들과 성녀들에 대한 신심을 걸고 맹세하거니와

나는 그들의 모친과 접해 본 적이 없도다![57]

〔CXXXIV, 1330‑1337〕

앙브루아즈 드 로레의 부군에게

이 발라드를 그에게 드리니,
이는 모든 미덕을 갖춘 그의 아내를 위함이라.
사랑의 신이 모든 남자들에게 그러한 보상을 내리지 않는다
　　해도
그에 대해 나는 크게 놀라워하지 않으리니,
이는 그가 그녀를 쟁취하기 위해,
시칠리아의 르네 왕이 주최한 마상 시합에 갔었기 때문이며,
그곳에서 그는, 지난날의 헥토르나 트로일루스가 했던
　　것처럼,
아무런 말없이, 빛나는 무훈을 세웠던 것이다.

〔CXXXIX, 1371-1377〕

로베르 데스투트빌을 위한 발라드[58]

동틀 무렵, 기쁨에 겨워,
또 고준한 천성에 의해, 새매가 날갯짓하는,
개똥지빠귀가 흥겨워 노래하며 날아오르고,
짝을 만나 서로 날갯죽지를 가까이 붙일 때,
나 ─ 열망에 이끌려 ─ 연인들이 기꺼워하는 것을,
당신께 즐거이 바치고자 하오니,
사랑의 신이 자신의 책에 이를 적어 두었음을 알아주소서
바로 이것이 우리 함께 있는 이유라.

당신은 정녕 내 마음의 귀부인,
완전무결하게, 죽음이 나를 소멸시키는 순간까지.
당신은 내 정의를 위해 싸우는 감미로운 월계수,
내게서 모든 쓰라림 없애 주는 풍성한 감람나무.
이성은 내가 그대를 사랑하고 섬기는 습관 버리기를 원치
    않으며
(또 나 역시 이러한 바람 이성과 같이 나누고)
여느 때나 그런 습관 지키기를 바라마지 않는다오
바로 이것이 우리 함께 있는 이유라.

그뿐 아니라, 때때로 그처럼 분노를 일으키는
'운명'으로 말미암아 고통이 나를 덮칠 때,
그대의 감미로운 눈길은 그녀의 악의를 가라앉히니,

이는 바람이 연기를 흩날려 사라지게 하는 것과 같다오.
또 당신의 밭에 뿌리는 한 알의 씨앗도 나 헛되이 잃지
　　않으니
그 결실 나를 닮았고,
신께서 밭을 경작하고 비옥하게 만들기를 내게 명하시니
바로 이것이 우리 함께 있는 이유라.

왕후(王后)여, 당신을 위해 여기에 되풀이하는 말을
　　들어주소서
내 마음이 당신의 마음에서 멀어지는 일
결코 없을 것이며, 당신 또한 그러하기를 간구(懇求)드리오,
바로 이것이 우리 함께 있는 이유라.

〔Ballade pour Robert d'Estouteville, 1378-1405〕

프랑 공티에⁵⁹⁾에 대한 반론

홀륭히 자리 깔린 방안, 잉걸불 곁의
부드러운 솜털 이불 위에 앉아, 한 뚱보 성당참사의원이
곁에 누운, 희고 부드럽고 매끈한,
잘 치장한 귀부인 시두안과
밤낮으로 강정주(強精酒)를 마시며
웃고 희롱하고, 서로 애무하고 입맞추며,
서로 발가벗고 더 큰 육체의 쾌락을 즐기려는 것을
나는 빗장 틈으로 보았네.
그때 나는 깨달았다네, 고통을 달래기 위해서는
제 편한 대로 사는 것이 최고의 보물이라는 것을.

프랑 공티에와 그의 반려자 엘렌이
이러한 감미로운 삶을 알았더라면,
구취(口臭)를 심하게 풍기게 하는 양파와 파가
구운 흑빵 한 조각과 동일한 가치를 갖는다고 여기지는
    않았으리라.
그들의 엉긴 우유 전부와 단지 속에 든 음식들 전부는
마늘 한 쪽의 가치도 없으니, 나 일체의 익의 없이 이 말을
    한다.
그들이 장미나무 아래에서 자는 즐거움을 뽐낸다면,
어느 편이 더 좋은가, 의자 곁들인 침대와?
이에 대해 무어라 말하겠는가? 답을 찾는 데 시간을

허비해야 하는가?
제 편한 대로 사는 것이 최고의 보물이라는 것을.

그들은 보리와 귀리로 구운 조악한 빵을 먹고 살고,
또 일 년 내내 물만 마신다.
여기에서 바빌론까지의 모든 새들도
그러한 조식(粗食)으로는, 단 하루도
아니 오전 한때만이라도, 나를 붙들 수 없으리라.
이제, 신의 이름으로, 프랑 공티에는, 엘렌도 그와 함께,
아름다운 들장미 아래에서 기뻐 뛰놀지어다.
이것이 그들에게 기쁨이 된다면, 나 이 때문에 괴로워할
　　이유 없네,
하지만, 전원에서 노동하는 일에 대해 무엇이라 생각하든
　　간에,
제 편한 대로 사는 것이 최고의 보물이라는 것을.

왕후여, 판결하소서, 우리를 빨리 화해시키기 위해!
나로서는, 그런데 누구도 이 말에 기분 상하지 않으면
　　좋으련만,
어린아이였을 때, 이렇게 이야기하는 것을 들었다오,
제 편한 대로 사는 것이 최고의 보물이라는 것을.

〔Les Contredits de Franc Gontier, 1473-1506〕

배불러 오른 마르고를 위한 발라드

이 미녀를 내가 진심으로 사랑하고 섬긴다 해서,
그 때문에 그대들, 나를 비천하고 어리석다 여겨야만 할까?
그녀는 누구라도 만족시킬 수 있는 자질들을 몸에
　　지녔기에,
그녀의 사랑을 위해, 나는 방패와 검을 든다.
사람들이 올 때면, 나 얼른 달려가 술병을 잡고,
큰소리 내는 법 없이, 포도주를 찾으러 간다.
나는 사람들에게 물과 치즈, 빵과 과일을 건넨다.
그들이 지불을 잘 하면, 나 그들에게 말한다. "'양호(良好)',[60]
발정기가 되거든, 다시 이곳을 찾으시구려,
우리가 다스리는 궁전인 곳, 이 유곽을."

그러나, 마르고가 돈 없이 잠을 자러 올 때,
그때 생기는 나의 불만과 언짢음이란!
나 더는 그녀를 쳐다보기도 싫고, 내심 그녀가 미워
　　죽겠구나.
그녀의 옷가지들, 허리띠와 위에 입는 옷을 잡고,
이것들이 내가 받을 몫의 이문을 대신한다고 그녀에세
　　단언한다.
두 손을 허리에 붙인 채, 이 적그리스도는
예수 그리스도의 죽음에 걸고 맹세하건대,
그럴 수는 없을 것이라고 악을 쓰고 단언한다.

그러면, 나는 나뭇조각을 움켜쥐고,
그것으로 그녀의 코 위에 기록을 남긴다.
우리가 다스리는 궁전인 곳, 이 유곽에서.

그리고 화평이 이루어지고, 그녀는 내게 독한 방귀를
　　뀐다,[61]
추잡한 쇠똥구리보다 더 강렬한 한 방을.
웃으면서, 내 머리 위에 주먹질을 하고,
내게 '자, 어서요.'라고 말하며, 내 허벅지를 툭툭 건드린다.
둘 모두 취해 있어, 우리는 팽이처럼 미동도 없이 잠을 잔다.
그리고 깨어나, 배에서 꾸르륵 소리가 나면
그녀는, 열매를 망가뜨리지 않도록, 내 위로 오르고,
그녀 밑에서 신음하며, 나는 널빤지보다 더 평평해진다,
그녀는 음탕한 짓거리들로 나를 완전히 녹초가 되게 만든다,
우리가 다스리는 궁전인 곳, 이 유곽에서.

바람 불고, 서리 내리고, 얼음 언다 해도, 내게는 구워진
　　빵이 있고,
나는 음탕한 색한, 음란한 색녀가 나와 함께하니
우리 둘 가운데 누가 더 나은가? 저마다 상대방을 닮았고,
서로가 서로에게 값하니, 이는 못된 쥐에 못된 고양이구나.
우리가 추잡함을 사랑하면, 추잡함이 우리와 같이 가고

우리가 명예를 피하면, 명예가 우리를 피하는구나,
우리가 다스리는 궁전인 곳, 이 유곽에서.[62)]

〔Ballade de la Grosse Margot, 1591-1627〕

이곳에는 웃음거리도 웃을거리도 없다

이곳에는 웃음거리도 웃을거리도 없다[63]
그들에게 무슨 소용이랴, 재물을 지녔던 것,
호화로운 침상에서 즐겼던 것,
포도주를 들이부었던 것, 배에 기름 끼게 했던 것,
기쁨을 만끽하고, 잔치와 춤을 즐겼던 것,
늘 그런 일에 대번 몸 쓸 채비를 갖추었던 것이!
그런 쾌락들 전부는 끝이 있기 마련,
하지만 죄의 얼룩은 남는 법.

〔CLXI, 1736-1743〕

이제 저들 죽었으니, 신께서 저 영혼들을 거두시기를!
저들 육체는 썩어 버렸으니
제후였건 귀부인이었건 간에
유즙(乳汁), 밀죽, 혹은 쌀로
정성 들여 은근하게 가려 먹었더라도.
또 저들의 뼈는 가루 되어 떨어지니
유희도 웃음도 저들을 달구지 못하네
온유하신 예수여, 부디 저들의 죄를 사해 주소서!

〔CLXIV, 1760-1767〕

자크 잠 나으리에게는

또한, 목숨 걸고 재물을 긁어모으는
자크 잠 나으리에게는
그가 원하는 만큼의 여인들과 혼인을 약속하는 권한을
　　준다,
하지만 혼인하는 권한, 그것은 아니 될 말!
그가 재물을 긁어모으는 것은 누구를 위해? 제 식솔들을
　　위해서지.
그는 제 식탁의 음식을 아까워할 따름이라.
그렇지만, 내 생각해 보건대, 암퇘지에게 속한 것은
응당 돼지들에게 돌아가야만 하리.[64)]

〔CLXIX, 1812-1819〕

샤플랭에게

또한, 샤플랭에게 나는,
매우 거창한 예전 봉송이 필요하지 않으며,
약식 미사만을 집전하는,
삭발례만 받은 신임 성직자의 특권인 '샤펠'을 물려준다.[65]
내 소교구 역시 기꺼이 넘겨줄 수 있으나,
사람들의 영혼을 책임지는 것을 그는 별로 원하지 않는다.
그가 말하기를, 자신은 고해신부가 아니니,
하녀들과 귀부인들만 별도로 한다고 하는구나.

〔CLXXII, 1836-1843〕

생트 아부아 교회를 매장지로 바란다

또한 나, 생트 아부아 교회를
다른 곳이 아닌 그곳을 매장지로 바라며,
또 저마다 나를 볼 수 있도록,
살과 뼈로 된 육신이 아니라, 그림으로,
내 전신 초상화를 그려주기 바란다,
잉크를 써서, 너무 값이 비싸지 않다면.
묘석은, 필요 없으며, 나 개의치 않으니,
왜냐하면 판자 바닥을 무너뜨릴 터이기 때문이다.[66]

〔CLXXVI, 1868-1875〕

또한, 내 묘혈 둘레에는
아무런 장식도 없이, 이제부터 말하는 것을,
상당히 굵은 글자로 써 주기 바란다.
── 혹 쓸 것을 전혀 갖고 있지 않다면,
석회 벽에 아무런 흠집도 나지 않게
목탄이나 흑석으로.
적으나마, 유쾌하고 무사태평한 녀석으로
나에 대한 기억이 간직되도록 ──

〔CLXXVII, 1876-1883〕

마지막 발라드 [67]

여기에서 닫히고 끝난다
불쌍한 비용의 유언은.
종소리 그대들 귀에 들리면,
그의 장례식에 오라,
진홍색 붉은 옷을 입고,
이유인즉 그는 사랑의 순교자로 죽었기 때문이니
이는 그가 자신의 고환에 걸고 맹세한 것이다. [68]
그가 이 세상을 떠나가려 했을 때.

또한 나, 그가 거짓을 말하지 않는다고 분명 생각하니,
그것은, 그가 갖가지 사랑에 의해, 증오심과 함께,
마치 불결한 하인처럼 쫓김을 당했으며,
그리하여 여기에서 루시용에 이르기까지,
가시덤불이건 덤불숲이건 간에,
그의 겉옷에서 뜯긴 조각이 떨어지지 않은 곳
없다고, 그가 이를 거짓 없이 말하였으니,
그가 이 세상을 떠나가려 했을 때.

바로 이렇듯 이루어졌으니,
죽음을 맞이할 때, 그에게는 누더기밖에 남아 있지 않았다.
게다가, 임종의 순간에는, 무참하게도,
사랑의 신의 침이 그를 찔렀고,

혁대 버클의 금속핀 끝에 찔린 것보다
더 날카로운 고통을 그가 느끼게 만들었다.
─ 바로 이것이 우리를 놀라게 하니 ─ ,
그가 이 세상을 떠나가려 했을 때.

쇠황조롱이처럼 생기 넘치고 우아한 왕후여,
떠나는 순간, 그가 무엇을 하였는지 알아주소서.
그는 암적색 포도주 한 잔을 마셨으니,
그가 이 세상을 떠나가려 했을 때.

〔Ballade finale, 1996-2023〕

3부

단장시편

Poésies diverses

블루아 시회(詩會)의 발라드

나는 샘물 곁에서 목마름에 죽어 가고,[69]
불처럼 뜨겁지만 이를 부딪치며 떨고,
내 나라에 있으면서도, 머나먼 이역(異域)에 있는 듯하고,[70]
잉걸불 근처에서, 불타오르며 몸을 떨고,
한 마리 벌레처럼 벌거벗었으면서, 재판장처럼 옷을 입고,
눈물 속에서 웃으며, 희망 없이 기다리고,
비통한 절망에서 위안을 얻고,
기뻐하면서도 아무런 즐거움도 갖지 못하고,
강력하나 힘도 권력도 없고,
환영받으며, 저마다에게 배척당하네.

내게는 불확실한 것 외에는 확실한 것이 없고,
더없이 명백한 것 외에는 어떤 것도 모호하지 않네,
확실한 것 말고는 의심할 것이 없고,
학식을 돌발적인 일로 여기며,
모든 것을 얻고도, 잃은 채 남아 있다,
동틀 무렵 "좋은 밤 되기를!"이라 말하고,
등을 대고 누워 있으나 전락을 심히 두려워하고,
재물은 풍족하나 그럼에도 한 푼도 가진 것 없고,
유산을 기대하지만 그 누구의 상속인도 아니고,
환영받으며, 저마다에게 배척당하네.[71]

어떤 것도 염려하지 않지만 그럼에도 애를 쓴다,
내가 바라지 않는 재물을 얻으려고,
지극히 호의적으로 내게 말을 건네는 자가 가장 나를
　　성가시게 하는 자이고,
더없이 진실하게 내게 말하는 자가 가장 내게 거짓말을
　　하는 자
내 벗은 백조가 검은 까마귀라
믿게 해 주는 그런 자,
또 내게 해를 입히는 자, 그를 내 조력자라 여긴다.
거짓말이나 진실이나 지금의 나에게는 모두 같은 것이고
모든 것을 기억하면서, 어떤 것도 구상해 낼 수 없다
환영받으며, 저마다에게 배척당하네.

현명하신 전하(殿下), 부디 알아주소서,
저는 많은 것을 이해하나, 양식도 지혜도 없음을.
저는 외톨이입니다, 모든 관례에 주의를 기울이지만.
무엇을 제가 가장 잘 알겠나이까? 무엇을? 맡긴 것을
　　되돌려 받는 것 외에.[72]
환영받으며, 저마다에게 배척당하니.

〔Ballade du concours de Blois, 1-35〕

비용의 몸과 마음의 논쟁[73)]

[몸] 무슨 소리지? [마음] 나야! [몸] 누구? [마음] 네 마음.
이제 겨우 한 줄 가는 실로 연결되어 있는.
나는 더는 힘도, 살도 체액도 없어,
구석에 웅크린 처량한 개처럼
그렇게 홀로 물러서 있는 너를 보니.
[몸] 왜 그렇게 되었지? [마음] 무분별하게 쾌락을 탐한 네
    방종한 삶 때문에.
[몸] 그래서 어떻다는 거야? [마음] 그로 인해 슬프다는
    거야.
[몸] 날 내버려 두렴! [마음] 왜? [몸] 그 점에 대해 나중에
    생각해 보겠어.
[마음] 그래, 언제? [몸] 내가 유년기를 벗어나게 될 때.
[마음] 더는 네게 말하지 않겠다 [몸] 그만하는 것이
    좋겠군.[74)]

[마음] 무슨 생각을 하니? [몸] 존경받을 만한 사람이 되는
    것을
[마음] 네 나이 서른이다! [몸] 노새의 나이지
[마음] 아직도 유년기란 말이냐? [몸] 아니야
[마음] 그럼 너를 붙잡고 있는 것은 광기야? [몸] 어디를
    잡아? 목?
[마음] 아무것도 아는 것이 없구나 [몸] 그렇지는 않아

[마음] 무엇인데? [몸] 우유 속의 파리는 알아. 하나는
　　하얗고 다른 하나는 까맣지. 그것이 차이야
[마음] 그래 그것이 전부야? [몸] 무엇을 바라는 거지? 무슨
　　논쟁을 나와 하고 싶은 거야? 충분하지 않다면, 내 다시
　　시작하지 [마음] 네가 진 거야! [몸] 난 싸움을 계속할
　　거야
[마음] 더는 네게 말하지 않겠다 [몸] 그만하는 것이
　　좋겠군.

[마음] 나도 그 때문에 괴롭고, 너도 심신이 고통스럽지.
만약 네가 불쌍한 무지렁이거나 바보라면,
그럴 경우 변명의 구실이 있었겠지.
하지만 너는 그런 것을 무시하고, 미추(美醜)에 상관없이,
　　네게는 만사가 똑같아.
조약돌보다 더 단단한 머리를 갖고 있든지,
아니면, 지금 너의 비참함이 명예보다 더 너의 마음에 드는
　　것이란 말이야!
이런 논리적인 귀결에 너는 무엇이라 답할 거지?
[몸] 죽으면 그런 상황에서 벗어나게 되겠지.
[마음] 맙소사! 이 무슨 위안인가! 이 얼마나 현명한
　　웅변인가!
[마음] 더는 네게 말하지 않겠다 [몸] 그만하는 것이

좋겠군.

[마음] 이 고통이 어디에서 왔지? [몸] 내 불운에서 왔어.
토성이 내 운명의 짐을 마련했을 때, 내 생각으로는,
거기에 그런 말들을 적어 둔 것 같아 [마음] 터무니없는
　　소리,
네가 운명의 주인이면서, 넌 너를 운명의 시종인 양
　　여기는구나!
솔로몬이 자신의 책에 쓴 것을 보렴.
"현자는 성신(星辰)과 그 영향력을
다스리는 권능을 갖고 있다."라고 말했어.
[몸] 그런 말은 전부 믿을 수 없어. 나는 성신이 만들었던
　　그대로 될 거야.
[마음] 무슨 소리를 하는 거야? [몸] 틀림없어, 그것이 내
　　신조니까.
[마음] 더는 네게 말하지 않겠다 [몸] 그만하는 것이
　　좋겠군.

[마음] 살고 싶어? [몸] 신이 그럴 힘을 주시기를!
[마음] 네게 필요한 것은…… [몸] 무엇이지? [마음] 양심의
　　가책을 느끼고, 끊임없이 읽는 일이야 [몸] 무엇을?
　　[마음] 지혜를 익히는 것이지,[75] 어리석은 자들을

떠나는 것이고. [몸] 그렇게 하는 데 주의를 기울이지.

[마음] 그래, 그 점을 꼭 명심해! [몸] 단단히 기억해 두겠어.

[마음] 사태가 악화될 때까지 기다리지 말기를.

[마음] 더는 네게 말하지 않겠다 [몸] 그만하는 것이
좋겠군.

〔Le Débat du coeur et du corps de Villon, 1-47〕

사행시

나는 프랑수아, 이 점이 나를 무겁게 짓누르니,[76)
태어난 곳은 파리, 퐁투아즈 부근.
일 투아즈 길이의 밧줄에
내 목은 내 엉덩이의 무게를 알게 되리라.[77)

〔Quatrain, 1-4〕

목 매달린 자들의 발라드

우리 뒤까지 살아 있을 인간 형제들이여
우리들에 대해 굳은 마음 갖지 말아 다오
불쌍한 우리들에 대해 그대들이 연민을 가져 준다면
그 때문에 신께서 그대들을 긍휼히 여길 것이니.
그대들 보고 있으니, 매달린 우리 대여섯을
너무 비계 끼게 했던 살덩어리에 대해 말하자면
몸뚱아리는 이미 오래전부터 썩어 갈기갈기 찢겼으며
우리들 뼈는 재가 되고 먼지가 된다
우리의 비참함에 대해 아무도 비웃지 말라
다만 신께 우리 모두를 용서해 주도록 빌어 달라.

우리 비록 법정 선고를 통해 사형에 처해진 몸이나
그대들을 형제라 부른다 하여 유감을 갖지 말라
인간 모두가 흔들리지 않는 굳은 이성을 가질 수는 없는 일
이는 그대들도 알고 있는 것이니,
이미 우리는 죽은 몸이니 용서하고
성모마리아의 아드님께 용서를 청해 다오
우리에게 내리는 그의 은총이 마르지 않고
지옥의 벼락에서 우리를 지켜 주도록.
우리는 죽은 몸 누구도 우리를 괴롭히지 말고
다만 신께 우리 모두를 용서해 주도록 빌어 달라.

빗물은 우리를 헹구고 씻기며
햇빛은 우리를 말려 검게 태운다
까치와 까마귀는 우리들의 눈을 파내고
수염과 눈썹을 뽑아 버렸다
우리는 결코 잠시도 편안히 쉴 수가 없다
바람은 변하는 대로, 시시각각 이리저리
제멋대로 변함없이 우리를 흔들어 댄다
골무보다 더 새에게 쪼아 먹히는 신세
그러니 우리 동아리에 들지 말아라
다만 신께 우리 모두를 용서해 주도록 빌어 달라.

만유를 주관하시는 왕 예수여,
지옥이 우리에게 권세를 떨치지 않도록 보호해 주소서
지옥과는 해야 할 일도 다툴 일도 없게 해 주소서
인간들이여, 여기 조롱할 것 아무것도 없으니
다만 신께 우리 모두를 용서해 주도록 빌어 달라.

〔Ballade des Pendus, 1-35〕

주(註)

1) 다리에 흰 반점이 있는 말은 외양상으로는 보기 좋은 모습이지만, 전투가 벌어지면 기사를 태운 채 주저앉는 등 정작 필요할 때에는 제구실을 못하는 말로 여겨졌다.

2) 우아한 궁정풍 용어와는 거리가 먼 외설적이고 노골적인 두 가지 비유를 통해, 비용은 자신이 성적인 욕망을 다른 곳에서 해소할 수밖에 없는 처지임을 드러낸다.

3) '간한 청어보다 더 새로운 총애의 대상에게 갈증을 느끼며 집착하는 여인', '간한 청어보다 더 간절하게 여인을 갈망하는 비용', '간한 청어보다 더 여인에 대한 사랑에 목말라하는 새로운 연인'이라는 세 가지 해석이 가능하다.

4) 외면상으로는 사랑의 슬픔과 그 비통함으로 인해 생기를 잃고 죽음에 이르렀기에 '심장'을 유증하며, 내심으로는 여인의 잔인한 거부와 배척에 경악하고 질색한, 그래서 모든 애정이 사라진 '마음'을 유증하는 것이다.

5) '많은 것(mout)'이라는 뜻과 '산(montagne)'이라는 뜻을 동시에 의미하는 'mont'이라는 단어를 가지고 벌이는 말장난을 통해 비용은 유증수령자를 '아무것도 이해하지 못하는' 자로 만들어 조롱한다. 또한 이러한 반어법은 실상 자신의 친구 로베르 발레가 매우 교활한 인물임을 말하는 것이 된다.

6) 보카치오의 『데카메론』의 한 장면(IX, 2)을 떠올리게 하는 희화적인 유증물. "그날 밤, 수녀원장은 마침, 종종 큰 궤에 넣어 자신의 방에 끌어들이곤 했던 어느 사제와 함께 잠자리에 있었습니다. 떠들썩한 소리를 듣고 그녀는, 수녀들이 지나치게 급히 서두른 나머지, 힘을 가해 문을 열지나 않을까 걱정이 되었습니다. 그녀는 침대에서 벌떡 일어났고, 어둠 속에서 그녀가 할 수 있는 한 최선을 다해 옷을 입었습니다. 그런데 면사(面紗)라고들 부르는, 수녀들이 이마에 쓰는 베일을 쥐었다고 믿었지만 그녀가 주워 든 것은 사제의 속옷 바지였습니다. 그녀는 너무 서두른 나머지 속옷 바지를 머리 위에 둘러썼습니다."

7) 페르네 마르샹에게 유증하는 '짚 세 다발'은 그가 종사하는 일이 '매춘'임을 강조한다. 시인은 매춘부를 소개하고 알선하는 일을 페르네 마르샹이 직접 하거나 혹은 그가 매춘부에게 빌붙어 지내는 것을 통해, 또는 스스로 남창(男娼)이 되어 생계 수단을 구할 것을 유증 수령자에게 권한다.

8) 감정의 정점에서 표출된 6행은 그 격렬함을 증거하듯 미완의 파격 구문으로 제시되며, 주절의 동사는 끝내 기술되지 않는다. 이러한 파격 구문을 통해

'의미의 전이'가 이루어진다.

9) 시인은 마치 캐리커처 화가처럼 주교 티보 도시니의 모습 하나를 도려내어 부각시킨다. 이 구절은 "보라는 듯이 서서" 신께 기도드리는 바리사이파 사람의 기도(「루가복음」, 18장 10-14절)를 연상시키기도 한다.

10) '하인'을 뜻하는 'serf'와 '수사슴'을 뜻하는 'cerf'의 동일한 발음에 기대는 말장난을 통해 '암사슴'인 'biche'가 거론되기에 이르며, 주교 티보 도시니의 부당한 권리 행사는 종교 및 봉건제의 틀을 넘어 성적인 차원으로도 확장된다.

11) 표면적으로는 성서의 "우리가 우리에게 잘못한 이를 용서하오니 / 우리의 죄를 용서하시고"(「루가복음」, 11장 4절)라는 내용을 의미하는 것처럼 보이지만, 실제로는 '탈리오의 법칙(lex talionis)'에 해당한다: "누구든지 같은 동족에게 상처를 입힌 자에게는 같은 상처를 입혀 주어라. / 사지를 꺾은 것은 사지를 꺾는 것으로, 눈은 눈으로, 이는 이로, 이렇게 남에게 상처를 입힌 만큼 자신도 상처를 입어야 한다."(「레위기」, 24장 19-20절)

12) "그러나 나는 이렇게 말한다. 원수를 사랑하고 너희를 박해하는 사람들을 위하여 기도하여라."(「마태오복음」, 5장 44절).

13) '암송하여', '마음속으로'라는 의미 한편에는 '자신의 마음대로', '내키는 바에 따라', '가상으로' 등의 의미가 더해질 수 있다.

14) 대부분의 연구자들은 이 구절이 1459-1460년에 가혹한 박해를 받았던 아라스의 발도파를 염두에 둔 것으로 본다. 발도파는 교회에서 소리 내어 기도하는 것보다 개인적인 기도를 우월한 것으로 여겼다고 전해진다.

15) 두에와 릴은 이단 심문과 박해가 한창인 곳이며, 따라서 비용의 말은 한창 살육이 진행 중일 때 주교가 그곳에 가서 이단으로 몰리기를 기원하는 것이거나, 아무도 가르쳐주지 않으며 가르쳐 줄 사람도 없는 곳으로 티보 도시니가 유배되기를 바라는 것으로 풀이될 수 있다.

16) 결백함에도 불구하고 불의하게 고발당한 사람의 간구로 알려진 문제의 시편에서 7-9절의 내용은 다음과 같다. "부랑배를 내세워 그를 치자. 그 오른편에 고발자를 세우자. / 재판에서 죄를 뒤집어쓰게 하자. 그의 기도마저 죄로 몰자. / 이제 그만 그의 명을 끊어 버리고 그의 직책일랑 남이 맡게 하자." 이 구절은 기사나 귀족의 '파문 의식'에서 사용되던 것이기도 하다. 따라서 시인의 의도는 해당 시편 전체를 염두에 둔 것으로 추정된다.

17) 1461년 8월 15일 랭스에서 대관식을 올린 루이 11세는 같은 해 9월 2일 금요일 묑쉬르루아르를 지나며, 이 행차로 인해 비용은 자유의 몸이 된다.

18) "바로 그날 거기 모였던 사람들 중 두 사람이 예루살렘에서 한 삼십 리쯤 떨어진 곳에 있는 엠마오라는 동네로 걸어가면서 / 이즈음에 일어난 모든

사건에 대하여 말을 주고받고 있었다. / 그들이 이야기를 나누며 토론하고
있을 때에 예수께서 그들에게 다가서서 나란히 걸어가셨다. 그러나 그들은
눈이 가려져서 그분이 누구신지 알아보지 못하였다. [······] 예수께서 함께
식탁에 앉아 빵을 들어 감사의 기도를 드리신 다음 그것을 떼어 나누어
주셨다. / 그제야 그들은 눈이 열려 예수를 알아보았는데 예수의 모습은 이미
사라져서 보이지 않았다. / 그들은 "길에서 그분이 우리에게 말씀하실 때나
성서를 설명해 주실 때에 우리가 얼마나 뜨거운 감동을 느꼈던가!" 하고
서로 말하였다."(「루가복음」, 24장 13-35절)

19) "일러주어라. '내가 맹세한다. 죄인이라고 해도 숙는 것을 나는 기뻐하지
않는다. 주 야훼가 하는 말이다. 죄인이라도 마음을 바로잡아 버릇을
고치고 사는 것을 나는 기뻐한다. 그러니 너희는 돌아오너라. 나쁜
버릇을 고치고 돌아오너라. 이스라엘 족속아, 어찌하여 너희는 죽으려고
하느냐!'"(「에제키엘」, 33장 11절)

20) 비용이 권위를 빌려 인용한 부분은 『장미 이야기(le Roman de la Rose)』가
아닌, 1291~1292년에 작성된 것으로 추정되며 그 길이가 2120행에 달하는
장 드 묑의 『유언』이다: "청춘 시절의 젊은 마음은 응당 용서를 받아야
한다, / 신께서 그에게 은총을 베푸시어, 노년에 원숙해졌을 때. / 그렇지만, 더
큰 미덕이요 더 높은 고귀함일지니, / 젊은 시절에 원숙함을 구하는 것은."

21) 이 일화는 키케로, 카에킬리우스 발부스(Caecilius Balbus),
노니우스(Nonius)의 글에서도 언급되며, 성 아우구스티누스의 『신국(神國,
De Civitate Dei)』 IV권, 장 드 살리스베리(Jean de Salisbury)의
『폴리크라티쿠스(Polycraticus)』 등에도 나온다. 14세기 들어 자크 드
세솔(Jacques de Cessoles), 장 드 비네(Jean de Vignay), 장 페롱(Jean
Ferron) 등이 이 일화를 프랑스어로 번역하기도 했다.

22) "불행한 날이 많은 것을 명심하고 얼마를 살든지 하루하루를 즐겨라. 사람의
앞날은 헛될 뿐이다. / 그러니 젊은이들아, 청춘을 즐겨라. 네 청춘이 가기
전에 하고 싶은 일을 하며 즐겨라. 가고 싶은 데 가고, 보고 싶은 것을 보아라.
그러나 하느님께서 내가 하는 모든 일을 재판에 붙이시리라는 것만은
명심하여라."(「전도서」, 11장 8-9절)

23) "나의 나날은 베틀의 북보다 빠르게 덧없이 사라져 가고 만다."(「욥의 노래」,
7장 6절)

24) 자의적으로는 '작년'을 의미하나 이 발라드의 경우 먼 과거에서 점차 가까운
시기로 다가오는 과거를 환기시킨다. 로세티(D. G. Rossetti)는 이 구절을
'But Where are the snows of yester-year?'로 옮겼다.

25) 여인은 가혹한 진리를 '돈'에 비유하여 다음과 같이 간명하게 요약한다. "늙은 여자는 통용되지도 않고 값어치도 없어 / 사용을 금한 동전과 다름없으니."(539-540행)

26) 8행시 LXVII-LXVIII은 '속다', '농락당하다'라는 뜻을 가진 단어를 중심으로 구성되며, 그 안에서 여자에게 속고 기만당한 자가 겪는 '거꾸로 된 세계'가 그려진다.

27) '터무니없는 혼동을 일으키다.' '외관을 실재라 여기다.'라는 뜻을 갖는 이 표현은 '검은 것을 하얀 것으로 믿게 만든다.'라는 말과 동일하게 사용되었다.

28) '사랑'의 불길한 힘, '그처럼 비싼 값을 치르게 했던 허울뿐인 미녀'는 무한한 것을 지극히 협소한 것으로, 아름다운 것을 우스꽝스러운 것으로 만들며, 자명한 것들도 분간하지 못하고 지극히 대비되는 것들마저 동일한 것으로 여기게 만든다.

29) '노쇠한 젊은이'의 모습으로 그려지는 시적 화자는 주교 티보 도시니에 대한 강한 분노를 다시 표출시킨다. 시인은 티보 도시니를 샤를 6세 시대의 인물과 동일시함으로써 주교를 지위에 어울리지 않는 탐욕스럽고 원성 자자한 인물로, 나아가 동성애자로 만든다.

30) 정신적으로 큰 괴로움을 맛보게 했다는 뜻과 재갈을 물려 입을 강제로 벌리게 하는 고문 도구에 시달렸다는 의미를 동시에 표현하는 말.

31) 단장시편의 「군주에게 바치는 탄원」에 나오는 "본성이 고리대금업자인 롱바르인에게 / 내 건강을 조금이라도 팔 수 있다면"이라는 대목에서처럼, 이 구절은 '신이 고리대금업자를 사랑하듯'으로 풀이될 수도 있고(「루가복음」, 6장 34-35절), 아니면 '12세기 신학자 피에르 롱바르가 삼위일체인 신을 사랑하듯, 모두를 구별 없이 사랑한다.'는 의미로 볼 수도 있다.

32) 『유증시』와 동일하게 『유언의 노래』에서도 최초의 유증 수령자로 양부 기욤 드 비용이 거론된다.

33) 나바르 신학교 절도 사건을 실토한 공범이 바로 기 타바리라는 점에서, 그에 대한 묘사는 아이러니하지 않을 수 없다.

34) 『유증시』에서는 언급되지 않았던 자신의 어머니를 두 번째 유증 수령자로 거명하며, 이어지는 발라드는 어머니의 목소리를 통해 기술된다.

35) 431년 에페소 공의회(Le concile d'Ephèse)에서 성모를 예수의 어머니로 칭한 이래, 중재자로서의 성모에 대한 두 가지 전설, 즉 테오필루스와 이집트 여인 마리아의 전설이 널리 알려졌다. '신의 모후', '천상의 마님이며 왕관을 쓰신 여왕', '바다의 샛별', '맑고 순결한 장미', '구원의 문', '용서의 샘',

'성채와 탑' 등 무수한 칭호들이 성모에게 봉헌되었으며, 이러한 호칭들은 인간의 갖가지 처지와 감정, 저마다가 품고 있던 환상과 열망들이 투사된 것이기도 했다.

36) 원문에서, 895-909행의 첫 글자들을 수직으로 읽으면 'APELLA CE VILLONE'가 되는 아크로스티슈(acrostiche: 이합체)를 사용하여, 비용 자신이 이 기도를 작성했음이 드러난다. 비용은 자신의 불쌍한 어머니를 중재자로 삼아 신의 어머니인 성모에게 간구를 드린다. 아들과 어머니의 소망이, 어머니와 성모의 모성애가, 성모의 아드님이 그를 믿는 어머니와 아들을 구원하는 중층구조가 이 한 편의 발라드 안에서 구현된다.

37) 그 발음이 듣는 이들에게 불쾌한 느낌을 주고, 절망과 분노를 나타내는 듯한 인상을 주는 철자인 'R'는 일면 으르렁거리는 개를 연상시키기도 한다.

38) 발라드의 전달자인 페르네 마르샹은 '추하고 경멸스러운 자', '사람을 속이는 야비한 자'로 그려지며, 그런 만큼 발라드를 유증받는 여인의 '분신'과도 같다.

39) 1910년 클로드 드뷔시가 이 발라드에 곡을 붙인 바 있다.

40) 일반적으로 '큰 위험'을 알리는 데 사용되던 표현에 '작은' 외침을 덧붙임으로써, 시인은 비장함 속에 익살스러움을 가미한다.

41) 시인은 문제의 삽입시를 "이티에 마르샹이 곡을 붙인다는 조건으로, / 10행으로 된 이 단시를 준다."(972-973행)라는 말과 함께 유증하며, 이티에 마르샹은 비용과 연적 관계일 것으로 추정되는 인물이다. 이미 1460년 무렵 들라에라는 인물이 이 시에 곡을 붙인 바 있기에, 시인의 전제 조건은 이티에 마르샹으로서는 도저히 실천할 수 없는 조건이 되며, 그런 만큼 유증 수령자에 대한 시인의 악감이 어느 정도인지 짐작된다.

42) 겉보기에는 지극히 우아한 궁정풍 연애시로 읽힐 소지도 있으나, 다른 관점에서는 이티에 마르샹이 연인과의 사별로 인한 고통 속에 영원히 머물기를 바라는 악의적인 유증으로도 해석된다.

43) 비용은 고위 관료였던 피에르 드 생타망의 아내에게 가게의 간판들을 유증물로 남겨 준다. '백마'는 생타망의 '노년'과 그로 인한 '성적 무능력'을, '암노새'는 _l의 아내의 '불모성' 등을 빗댄 것으로 이해되며, 새로운 유증물인 '붉은 당나귀'는 '수치와 불명예' 혹은 '흥분하여 통제 불가능한 성정'을 암시한다.

44) 1436년까지 유통됐던 '플라크'는 당시 더는 통용되지 않던 화폐이며, 의학 용어로는 '선병질(腺病質), 궤양, 딱지' 등을 의미한다. 비용은 동음이의어의 말장난을 통해, 자크 라기에가 병에 걸려 고생하고 그의 상처가 만천하에 공개되어 수치스러운 모습을 사람들에게 내보이기를 기원한다.

45) 비용은 모피상인 장 리우를 '대장'으로 칭하며, 이는 그가 120명의 궁사와
    예순 명의 사수를 이끄는 일종의 '민병대' 지휘관이었기 때문이다.
46) 실상 늑대 고기는 '귀한 진미'라기보다는 사람이 먹기에 부적절한 음식으로
    간주되었으며, 사냥개들조차 먹으려 들지 않았던 것인 만큼 지극히 노골적인
    조롱에 해당한다.
47) '튀를뤼팽'은 14세기에 성행했으며 샤를 5세 치하에서 박해를 받았던
    이교도들이며, 해당 명칭은 '문란한 삶'의 동의어로 사용되었다.
48) 1462년 1월에 사망하는 장 드 메를을 의미할 수도 있고, 그의 아들인 제르맹
    드 메를을 지칭할 수도 있다.
49) 1436년 7월 주조된 금화인 에퀴는 300드니에의 가치를 가지며, 샤를
    4세 및 샤를 5세 치하에서 사용되던 브르통 주화는 10드니에의 가치를
    갖는 화폐이다. 세 개를 여섯 개로 바꾸어 주는 환전은 실상 900드니에를
    60드니에로 바꾸어 주는 사기에 해당한다.
50) 1436년부터 이미 사용이 금지된 금화를 60여 년 이전인 1400년 무렵
    불법으로 주조된 이역의 화폐로 바꾸어 주는 것을 의미한다.
51) 『유증시』에서도 등장했던 '세 고아들'은 콜랭 로랑, 지라르 고수앵, 장
    마르소라는 인물들이며, 모두 노령의 고리대금업자에 해당한다. 시인은 이들
    세 사람에 대한 유증을 8행시 CXXVII-CXXX에 걸쳐 길게 행한다.
52) 늘 허리띠에 찬 돈주머니에 신경을 쓰는 모습을 염두에 둔 표현이다.
53) 상대방의 말을 알아듣지 못했거나 혹은 알아듣지 못한 척할 때 쓰이는
    말들이다.
54) 『유증시』 XXVII-XXVIII에 등장했던 기욤 코탱과 티보 드 비트리를
    가리킨다.
55) 팔순의 두 노인이 실제로는 몸도 제대로 가누지 못하는 무기력한 처지임을
    빗대는 말이다.
56) 수십 년 후에는 노령의 두 성직자가 이미 죽어 무덤에 들어간 지 오래일
    것이며, 대지 아래에서 그들의 육신이 흔적도 없이 사라져 버릴 터임을
    풍자하는 말이다.
57) 표면적으로는 비용이 두 성직자와 아무런 친분 관계가 없음을 이르지만,
    그 이면에는 고령의 두 성직자의 모친은 이미 죽었기에 자신이 볼 기회가
    없었다는 의미뿐만 아니라 외설적인 차원의 농이 포함되어 있다. 단순히
    '보거나' '알고 지낸' 것을 넘어서 그들의 모친과 비용 자신이 일체의
    부도덕한 육체 관계도 없었음을 암시함으로써 시인은 두 성직자들을 일종의
    '사생아'로 만들어 버린다.

58) 1533년에 클레망 마로(Clément Marot)는 이 발라드에 '검으로 쟁취한 자신의 배우자에게 보내도록 갓 혼례를 올린 어느 귀족에게 비용이 주는 발라드'라는 제명을 붙이기도 했다.

59) 프랑 공티에는 모의 주교였던 필리프 비트리가 쓴 시의 주인공으로, 아내 엘렌과 소박하고 평화로운 전원생활 속에서 노동을 통해 검소한 행복을 추구하며, 세속적인 욕망이나 궁정의 영화를 바라지 않는 인물로 그려진다.

60) 시인은 '좋습니다'라는 의미의 라틴어 'Bene stat'를 인사말로 던지며, 여기서 이 유곽의 손님들이 성직자 계층임을 추측해 볼 수도 있다.

61) 시인은 동일한 발음을 활용하여 자신에게 기독을 '남긴(falz)' 것에 대한 반응으로 마르고가 독한 방귀를 '뀌며(fait)', '방귀(pet)'가 '화평(paix)'과 기이한 짝을 이룬다는 것을 드러낸다.

62) 성모에게 바치는 어머니의 기도와 마찬가지로, 여기서도 비용은 아크로스티슈를 사용하여 여성화된 자신의 이름인 'Villone'를 표시한다. 마르고와 화자는 거의 모든 점에서 대칭을 이루며, 모든 면에서 포개진 '한 사람'처럼 제시된다.

63) 이노상 묘지(La cimetière des Saint-Innocents)에 대한 이야기를 통해 시인은 욕망을 분출하던 삶의 허망함과 인간 조건의 동일성을 이야기한다.

64) 유증 수령자의 저택이 있는 거리 이름이자 행실이 문란한 여인들을 지칭하는 '암퇘지'라는 말에 덧붙여진 속담을 통해, 시인은 돈에 혈안이 된 자크 잠의 집착과 노심초사에 대한 빈정거림, 주위의 벗들에게는 아무것도 주지 않은 채 모든 것을 독식하는 데 대한 비난을 드러낸다.

65) 시인은 기마 경관이었던 장 샤플랭으로 추정되는 유증 수령자의 이름에서 성직자의 권한을 뜻하는 단어를 연상하여 유증물을 남긴다.

66) 이미 한 세기 전에 시인 외스타슈 데샹(Eustache Deschamps)이 "내 매장지로 택한 곳은 허공이라, / 이는 내가 썩기를 원치 않기 때문이니."라고 말했던 것처럼, 1층이 아닌 2층에 있는 교회이기에 결코 매장이 이루어질 수 없는 곳을 비용은 자신의 매장지로 택한다.

67) 발라드의 화사는 시인의 목소리로 여겨지지만, 기이하게도 비용은 이미 죽었다는 사실이 처음부터 언급된다. 비용의 장례에 사람들을 초대하고, 비용의 간략한 약전(略傳)을 이야기하는 발라드의 화자가 누구인지를 두고 연구자들 사이에서는 많은 이견들이 제기되었다.

68) 성서의 "아브라함은 집안일을 도맡아 보는 늙은 심복에게 분부하였다. "너는 내 사타구니에 손을 넣고 / 하늘을 내신 하느님, 땅을 내신 하느님 야훼를 두고 맹세하여라."(「창세기」, 24장 2-3절)라는 구절을 연상시키는 이 구절은

"그러나 듣지 않거든 한 사람이나 두 사람을 더 데리고 가라. 그리하여 '두 사람이나 세 사람의 증언을 들어 확정하여라.'라고 한 말씀대로 모든 사실을 밝혀라."(「마태오복음」, 18장 16절)라는 문구에 기초한 'Testis unus, testis nullus'에 대한 말장난으로 볼 수도 있다.

69) 이 시는 동시대 시인이자 대귀족이었던 샤를 도를레앙(Charles d'Orléans)의 시구를 시제(詩題)로 삼아 만들어진 것이다. 모두 열한 명의 시인들이 동일한 첫 줄로 시작하는 발라드를 남겼고, 이 작품들은 공작 샤를 도를레앙의 개인 문집에 수록된다. 첫 줄은 그리스 신화에 나오는 탄탈로스의 처지를 떠올리게 한다. '모순의 발라드'로 불리기도 한다.

70) 지금까지 시인의 삶의 터전이었던 파리에 비해 양제가 이역을 의미한다는 의미 한편에는 지금까지 알고 지내던 이들이 아닌 낯선 사람들과의 궁정 생활이야말로 낯선 이방에서의 생활임을 강조하려는 의도가 있다.

71) 심정의 불안정함과 시인을 둘러싼 세계의 불확실함은 비용을 일종의 '뒤집힌 세계', '거꾸로 된 세상'에 빠뜨린다. 그 결과 오랜 시간과 인내, 그리고 체계적인 지식을 요하는 학식과 학문마저도 우연하고 돌발적인 것으로 간주하기에 이른다.

72) 이 구절의 모호함 때문에 일부 연구자들은 비용이 블루아 궁정에 두 차례에 걸쳐 머물렀을 것이라는 가정을 하기도 했다. 혹자는 '이 모든 것을 글로 남겼으니, 이제 무엇을 더 할 수 있겠습니까?'라는 해석을 제시했고, 또 다른 이는 '맡긴 것'이 비용과 샤를 도를레앙 사이의 약속을 뜻한다고 보기도 했다.

73) 이 제명은 가장 오래된 인쇄본 I(Pierre Levet, 1489)의 제명을 따른 것이며, 필사본 F(Stockholm, Bibliothèque royale, ms. V.u. 22)는 '자신의 마음에 대한 비용의 한탄'이라는 제명을 붙이고 있다. 제명에서 짐작되듯, 이 시에서는 '죄인으로서의 비용'과 '바른 길을 찾고자 하는 그의 이성' 사이의 문답이 이루어진다.

74) '나도 그 정도로 해 두마. 나 또한 더 말하지 않겠다.' '더 말하지 않는 편이 내게도 만족스러운 일이다.' '네가 더 말할 필요가 없다.' 등의 의미로도 해석될 수 있다.

75) '지혜를 얻기 위해 열심히 배우는'의 의미 외에 '신학', '진중한 학업', '독서', '학업의 재개'를 주장한 연구자들도 있다.

76) 1462년 12월 말 혹은 1463년 1월 초, 교수형을 선고받고 나서 쓴 것으로 추정되는 이 짧은 시에서 비용은 당시 동일하게 발음되었던 자신의 이름과 국적을 가지고 말장난을 행한다. 자신이 파리 출신이 아닌 다른 지방 사람이었으면 보다 완만한 법 집행의 혜택을 누릴 수 있었을 것이라는

의미가 말장난 속에 들어 있다.

77) 16세기, 프랑수아 라블레(François Rabelais)는 비용의 사행시를 떠올리며 『제4서(Le Quart Livre)』에 다음과 같이 적는다. "나는 파리 태생 바보가 아닌가? / 파리 태생, 내 말인즉, 퐁투아즈 부근 / 일 투아즈 길이의 밧줄에 / 내 목은 내 엉덩이의 무게를 알게 되리라."

Epitaphe dudit Villon

Freres humains qui apres nous viues
Nayez les cueurs contre nous endurcis
Car se pitie de nous pouurez auez
Dieu en aura pluftoft de vous mercis
Vous nous voies cy ataches cinq six
Quãt de la char q trop auõs nourrie
Elleft pieca deuouree et pourrie
et nous les os deuens cedres z pouldre
De noftre mal personne ne sen rie
Mais pries dieu que tous nous vueil
le absouldre   g iii.

가장 오래된 인쇄본인 1489년 판본의 그림

Villon

Se iayme et sers la belle de bon hait
Men deues vous tenir a vil ne sot
Elle a en soy des biens a son souhait
Pour elle ceings le bloucler et passot
Quant viennent gens ie cours et hap
pe vng pot
Au vi me fuiz sas demener grat bruit
ie seur tendz eaue pai fromage a fruit
Silz iouet bien:ie leurs diz q bien stat
Retournez cy quat vous seres en ruit
En ce bourdeau ou tendz nostre estat

1489년 판본에 수록된 프랑수아 비용

프랑수아 비용은 가난뱅이 집 자식으로 태어나
서늘한 높새바람이 그의 요람을 흔들어 주었네.
눈보라 속에서 보낸 어린 시절에는
머리 위로 텅 빈 하늘만이 아름다웠네.
한 번도 침대에서 자 본 적이 없는 프랑수아 비용은
서늘한 바람이 맛있음을 일찍부터 수월하게 깨달았네.
발에서 피가 나고 엉덩이가 따끔거려
그는 돌멩이가 바위보다 뾰족하다는 것을 알게 되었네.
어려서부터 남들에게 돌을 던지고
다른 사람들과 맞붙어 뒹구는 것을 배우게 되었네.
누울 자리를 보고 다리를 뻗을 때마다 그는
다리 뻗고 눕는 것이 맛있음을 일찍부터 수월하게 깨달았네.

—베르톨트 브레히트, 김광규 옮김, 「프랑수아 비용에 대하여」에서

시인 비용을 찾아서

김준현

종종 '현대시의 선구자' 혹은 '저주받은 시인의 시조'로 거론되는 중세 말기의 시인을 우리는 프랑수아 비용(François Villon)이라는 이름으로 기억한다. 하지만 프랑수아 비용이라는 역사적 인물의 경우 대학의 학적부와 몇 가지 범죄와 관련된 공문서들만이 남아 있을 뿐이며, 그렇기에 시인의 생애는 실상 그가 남긴 작품들을 통해 짐작할 뿐이다.

시인은 자신이 "어려서부터 빈곤했고, 가난하고 보잘것없는 집안 태생"이었으며, "부친은 큰 재산을 모았던 적이 전무하며, 오라스라 불리는 조부 또한 그러했다."라고 밝힌다. 또 아들의 유일한 의지처였던 어머니는 "늙고 불쌍한, 아무것도 알지 못하고, 글자 한 자 읽을 수 없는" 문맹이었다고 말한다. 언제부터 또 어떤 이유에서인지는 알 수 없지만, 비용은 사제였던 기욤 드 비용(Guillaume de Villon)의 보살핌을 받고 자라며, "아버지 이상의 분이셨던" 양부가 "어머니 이상으로 부드러운 분"이셨음을 말하기도 한다. 시인은 1451년에 파리 대학의 학위를 받았으며, 대학 학적부에 기록된 그의 이름이 '프랑수아 드 몽코르비에(François de Montcorbier)'였던 만큼 이 이름이 시인의 본명이었을 것으로 추정된다.

1455년 6월 5일에 비용은 필리프 세르무아즈(Philippe Chermoye ou Sermoise)라는 사제와 싸움을 벌이게 되며, 치명상을 입은 사제는 사망하게 된다. 이 사건으로 인해 비용은 파리를 떠나게 되지만, 이듬해인 1456년 1월에 두 통의 사면장을 받게 되어 다시 파리로 돌아온다. 한 통의 사면장은 시인을 '통칭 비용이라고 불리는 프랑수아 데 로즈(François des Loges, autrement dit de Villon)'로 칭하며, 다른 한 통은 그를 '문학사 프랑수아 드 몽테르비에'로 부르고 있다. 후일 『유언의 노래』의 서두에서 "내 나이 서른 살에 이른 해, 그때 온갖 치욕을 마셨고,"라는 말로 자신의 나이를 밝히면서 이때가 1461년임을 언급했던 것에 비추어 보았을 때, 1456년 당시 비용의 나이는 스물여섯 살가량이었던 것으로 추정된다.

두 통의 사면장에 따르면 저녁 9시 무렵 교회 종탑 아래에서 질(Gilles)이라는 사제와 이자보(Ysabeau)라는 여인과 함께 비용이 앉아 있을 때, 세르무아즈라는 사제가 장 르 마르디(Jehan le Mardi) 혹은 장 르 메르디(Jehan le Merdi)라는 인물과 함께 그 자리에 온 것이 사건의 발단이 된다. 무엇 때문인지 이유가 명시되지는 않았지만, 매우 흥분한 세르무아즈가 단검을 꺼내 비용의 얼굴에 휘둘러 비용의 입가에서 많은 피가 흐르게 된다. 그러자 비용 역시 자신의 단검을 꺼내 세르무아즈의 하복부를 찌른다. 세르무아즈가 계속해서 욕설을 퍼부으며 덤벼들자, 비용은 발치의 돌을 주워 그의 얼굴에 던지고는 자리를 피한다. 이후 푸케(Fouquet)라는 이발사에게 상처를 치료받는 과정에서 비용은 자신이 다치게 한 사람이 사제 세르무아즈임을 밝히지만, 기이하게도 자신의 이름을 미셸 무통(Michel Mouton)이라고 말한다. 한편 치료를 받던 세르무아즈는 얼마 후 사망한다.

시인의 삶의 내력은 나바르 신학교 절도 사건 기록에서 다시 드러난다. 1456년 겨울 성탄절 무렵, 비용은 나바르 신학교의 금고에 보관되어 있던 거금 500에퀴를 훔치는 절도 사건에 공범으로 가담함으로써 또다시 법의 심판을 받게 된다. 1458년 7월 22일에 행해진 기 타바리에 대한 심문 조서를 살펴보면, 비용은 친구였던 기 타바리, 프티 장이라는 솜씨 좋은 곁쇠질꾼, 니콜라라는 수도사, 그리고 콜랭 드 카이외와 함께 저녁을 먹은 후 금고의 거금을 훔치러 간다. 거의 두 달여 동안 발각되지 않았던 이들의 범행은 1457년 피에르 마르샹이라는 사제에게 기

타바리가 자신의 모험담을 자랑 삼아 떠벌림으로써 밝혀진다. 범행 이후 비용은 자신의 친척이 있는 앙제의 수도원으로 갔으며, 이는 그곳에서 부자라고 소문난 어느 성직자의 상황을 파악하고 그의 돈을 훔치기 위해서였다고 진술된다. 이러한 정황은 '고별시'의 전통에 속하며 마흔 편의 8행시로 이루어진 『유증시』의 시작에서, 스스로를 "나, 프랑수아 비용, 학생"으로 지칭한 다음, "성탄절 무렵, 죽음의 계절, 늑대들이 바람을 먹고 살아가는 때"에 '사랑의 순교자'가 되어 어쩔 수 없이 "앙제로 간다."라고 비용 스스로 밝히는 대목과 일치하는 것도 사실이다.

　다시 파리를 떠난 비용은 당시 악명 높았던 코키유 패거리와 어울렸을 것으로 추정된다. 1455년 말 디종에서 코키유 패거리의 일원임이 밝혀졌으며, 1457년 9월 15일 교수형에 처해진 레니에 드 몽티니(Regnier de Montigny)와 나바르 신학교 절도 사건의 공범으로 1460년 9월 26일에 교수형에 처해진 콜랭 드 카이외 등의 벗들과 시인이 자주 교류했던 점, 은어로 쓴 발라드에서 "나락으로 빠져드는 코키유 패거리여, 나 그대들에게 조심하기를 전하니, 살가죽과 뼈를 그곳에 내버려두지 말기를"이라고 기술한 대목, 또 「촌언의 발라드」의 "나는 안다, 사기꾼이 은어를 쓸 때"라는 표현 등으로 짐작해 볼 때, 비용이 코키유 패거리와 밀접한 관계를 맺고 있었다는 점은 분명해 보인다.

　종적을 알 수 없었던 비용의 모습은 당시 대귀족 샤를 도를레앙(Charles d'Orléans)의 궁정에서 발견된다. 그러나 갖가지 찬사를 공작의 어린 딸 마리 도를레앙에게 보내는 「마리 도를레앙에게 바치는 서한(Épître à Marie d'Orléans)」에서,

　　　　오, 찬양하올 수태의 과실
　　　　천상에서 이 지상으로 내려보내신
　　　　고귀한 백합의 고아한 새싹
　　　　예수의 지극히 값진 선물

주님의 은총 가득한 우아한 그 이름, 마리
연민의 샘, 은총의 수원(水源)
기쁨이자 내 눈의 위안
우리의 평화를 확립하고 준비하는 분이시여!

라고 말하며 "완벽하고 흠결 없는 귀부인"을 섬기기를
희구했으나, "불쌍한 학생 프랑수아"가 공작의 궁정에서 어떤
처지에 있었는지는 「블루아 시회(詩會)의 발라드」 혹은 「모순의
발라드」로 불리는 시의 "눈물 속에서 웃으며, 희망 없이
기다리고"와 같은 구절이나 후렴구인 "환영받으며, 저마다에게
배척당하니"라는 표명에서도 쉽게 짐작된다.
　　한편 「군주에게 바치는 청원(Requeste au prince)」이라는 시에서
드러나듯, "나의 영주이자 경외하올 군주/ 백합꽃 가게, 왕의
후예"인 어느 지고한 군주에게 시인은 시혜를 베풀어 줄 것을
재치 있게 청하기도 한다. 오를레앙 인근의 파테 주변에는
아무런 숲도 발견할 수 없고, 도토리나 밤이 별반 가치 있는
것도 아니건만, 시인은 짐짓 의뭉스럽게 간청함으로써 후원자의
관심을 끈다.

어떤 군주에게서도, 한 푼의 드니에조차 빌린 적이
　　없습니다.
당신의 보잘것없는 신민은, 당신을 제외하고는.
지난날 당신께서 베푸셨던 6에퀴에 대해 말씀드리면,
이미 오래전에 호구지책으로 써 버린 터라,
응당, 전부 같이 돌려드릴 것입니다,
그리하는 것에는 아무런 문제도 없사오며, 지체하지도
　　않을 것입니다.
그도 그럴 것이 파테 인근에서 도토리 숲을 찾기만
　　하면

그리하여 밤들을 제값에 팔게 된다면
일말의 지체나 유예도 없이 당신께 갚을 것이기
　　때문입니다
당신께서는 그저 기다리시는 것 외에는 잃으실 것이
　　없습니다.

　그러나 어느 순간에 비용은 궁정이 아닌 가혹한 감옥에
투옥된 수인(囚人)의 모습으로 나타난다. 「비용의 몸과 마음의
논쟁」에서 '힘없이 구석에 몰린 처량한 개처럼, 외로이 웅크린
몰골'을 취하던 시인은, 「벗들에게 보내는 서한(Épitre à ses amis)」에서
"가엾이 여겨 다오, 나를 가엾이 여겨 다오."라고 부르짖으며
자신의 서글픈 처지와 처량한 심사를 털어놓는다.

　　그는 일요일마다 또 화요일마다 굶어야만 했고
　　그 때문에 그의 이빨은 갈퀴보다 더 길어졌으니,
　　과자가 아닌, 말라빠진 빵을 먹은 뒤에는
　　장 속에 물을 콸콸 들이붓고,
　　탁자도 좌판도 없이, 땅바닥에 앉아 있으니,
　　그를 여기에 내버려 두려는가, 불쌍한 비용을?

　"나를 위해 국새(國璽) 찍힌 국왕의 사면장을 얻어 주오, 또
바구니 속에 나를 넣어 끌어올려 주오."라고 간청하던 수인에게
마침내 천우신조와도 같은 기회가 찾아온다. 1461년 8월 15일에
랭스에서 대관식을 올린 국왕 루이 11세가 같은 해 9월 2일
금요일에 묑쉬르루아르를 지나가게 됨으로써 비용은 묑의
가혹한 감옥에서 풀려나 자유를 맛보게 된다. 하지만 감옥에서
그가 겪었던 고통과 오를레앙의 주교인 티보 도시니라는 한
인물에게 받았던 깊은 상처는 그의 몸과 마음에 지울 수 없는
흔적을 남기며, 그 결과 『유언의 노래』의 시작은 '원수'의 이름을

거명하는 일종의 '반헌사(反獻辭)'처럼 전개된다. 단장시편에
속하는 「촌언(寸言)의 발라드(Ballade des menus propos)」의 "나는 안다,
나 자신 외에는 모든 것을"이라는 구절을 닮은,

> 내 나이 서른 살에 이른 해,
> 그때 온갖 치욕을 마쳤고,
> 수없는 고초를 겪었음에도 불구하고,
> 전적으로 어리석지도 그렇다고 전적으로 현명하지도
> 않다

는 시인의 말은 '후일담' 속에 펼쳐질 시인의 다양한 변모와
역동적인 움직임, 시집 전체를 끌고 나갈 기이한 감정의 연상망을
예고한다.

　　그러나 비용의 삶을 괴롭히던 불운은 여전히 계속된다.
파리로 돌아온 비용은 1462년 11월 2일에 다시 어떤 절도
사건으로 인해 샤틀레 감옥에 투옥되며, 이 사건은 과거 나바르
신학교 절도 사건에 대한 소급으로 이어지게 된다. 비용은 매년
금화 40에퀴씩을 총 3년에 걸쳐 상환할 것을 서약하고 나서야
풀려나게 된다. 그런데 1년 후 파리에서 비용의 모습을 더는
찾아보지 못하게 될 사건이 일어나게 된다. 1463년 11월 혹은
12월에 시인은 통칭 '페르부 사건(l'affaire Ferrebouc)'으로 불리는
노상 난투극으로 인해 다시 체포된다. 생자크 거리에 있던 공증인
피에르 페르부의 공방 앞을 지나가던 길에 비용과 함께 길을
가던 로제 피샤르가 공방에서 일하고 있던 필경사들을 도발하는
일이 벌어지며, 조롱은 순식간에 거친 난투극으로 이어진다.
그러던 중 로뱅 도지가 공증인 피에르 페르부를 단검으로 찔러
상처를 입히게 된다. 범행의 주범이 아니었음에도 불구하고
비용은 체포되어 감옥에 투옥되며, 그동안의 악행으로 인해
교수형을 선고받는다. 이 사건의 흔적은 「사행시」에 남겨지며,

비용은 "일 투아즈 길이의 밧줄에, 내 목은 내 엉덩이의 무게를 알게 되리라."라는 말로 자신에게 온 불운을 쓸쓸히 전한다.

　그러나 죽음을 피할 수 없는 것처럼 보였던 비용에게 미미한 희망이 찾아든다. 「옥정(獄丁)에게 던지는 질문(Question au clerc du guichet)」 혹은 「상고의 발라드(Ballade de l'appel)」로 불리는 시에서도 밝혀지듯,

> 내 머리덮개 아래, 없었다고 그대 생각하는가
> "상고한다"고 밝힐 정도의
> 그런 만큼의 사리분별이?
> 있었고말고, 나 단언해 둔다⋯⋯
> (물론 별 기대를 하지는 않았지만)
> 그들이 공증인 앞에서 "교수형에 처할 것"을
> 내게 선고했을 때, 맹세하건대
> 그때 내가 입을 다물어야만 했을까?

　스스로도 큰 기대를 걸지는 않았지만 비용의 상고가 받아들여져 원심은 1463년 1월 5일에 파기되며, 교수형은 10년 동안의 파리추방령으로 감형된다. 구사일생으로 목숨을 구한 비용은 「법정 찬가와 청원(Louange à la Cour ou Requête à la Cour de Parlement)」이라는 시에서 자신의 생명을 구해 준 법정의 판결에 무한한 감사를 전하며,

> 지고한 법정이여, 우리 목숨 그대에게 달려 있으니,
> 그대 우리의 파멸을 막아 주었도다
> 한낱 혀만으로는 미흡하리니
> 그대에게 값하는 만큼의 찬사를 보내기에는.
> 그렇기에 모두 소리 높여 말하니, 지고무상한 국왕의
> 　　영애여

비용은 또한 파리를 떠나기 전에 필요한 것들을 준비하고
벗들에게 작별의 인사를 전할 잠시의 말미를 청한다.

재판장이시여, 청컨대 사흘의 말미를 제게 허락하시어
채비를 갖추고, 주변 지인들에게 고별을 고하게 하소서

이후 비용의 모습은 일종의 무전취식(無錢取食) 이야기들
속에서나 간혹 발견되며, 16세기 들어서는 프랑수아
라블레(François Rabelais)의 입을 통해 상이한 두 개의 일화들이
전해진다. 라블레에 의하면, 비용은 파리에서 추방된 이후
영국으로 건너가 에드워드 5세의 궁정에서 재기 넘치는 '골족
기질'을 펼쳤으며, 만년에는 푸아투 지방에 은거하면서 수난극을
공연했다고 한다.

1489-1500년에 이르는 기간 동안 여러 차례에 걸쳐 유명한
파리의 서적상에서 시인의 작품이 간행되지만, 당대 작가들이나
이후 세대의 작가들은 프랑수아 비용이라는 시인에 관해
직접적인 언급을 남기지 않고 침묵을 지킨다. 비용은 늘
'무전취식의 대가' 혹은 '익살스러운 악한'의 전형처럼 그려질
뿐이며, 파틀랭(Pathelin)이나 틸 오일런슈피겔(Tyl Eulenspiegel)을
닮은 면모로만 기억되곤 한다. 그리고 이렇게 만들어진 한
주변인의 기이한 초상은 19세기 초까지도 거의 변함없이
되풀이된다.

비용을 두고 '현존하는 가장 훌륭한 파리 태생 시인'이라
말했던 16세기 클레망 마로의 평을 굳이 떠올리지 않더라도,
비용 스스로 자신의 시적 재능을 인정받고자 애썼으며 성공한
시인이 되기를 희망했다는 점은 분명하다. 그러나 비용 자신이
원치 않았음에도 불구하고, 스스로 토로하는 갖가지 실패들과
끊임없는 불행들, 나아가 실제 공문서들에서 이야기되는 삶의
단면들은 후대의 눈에 샤를 보들레르나 폴 베를렌을 앞선

저주받은 시인의 모습 하나를 각인시킬 따름이었다. 또 그는 항구적인 보호자를 얻는 면에서뿐만 아니라 타인의 호의와 이해를 구하는 데에 있어서도 실패한 시인이었다. 그런데 바로 이러한 실패와 불행이 그를 '중세 후기 최고의 시인'이자 '현대시의 시조'로 만든다.

과거 트루바두르들이 숭배의 대상인 여인에 대해 고양된 감정과 한결같은 욕망을 노래했던 것과 달리, 또 지고한 여인에 대해 한없이 몸을 낮추며 여인을 섬기는 자로서 어떤 위험도 마다하지 않던 용맹한 기사의 무훈(武勳)과 달리, 비용은 한 개인의 모든 것을 보여 주는 동시에 자신의 비참함과 불행들을 가감 없이 토로하는 속내 이야기를 통해 새로운 서정성을 확보한다. 지난날의 시인들, 이를테면 뤼트뵈프나 장 보델(Jean Bodel)의 경우와 마찬가지로, 한 개인이 겪었던 무수한 불행들, 버림받은 비참한 자의 고통들은 개인의 심정을 일체의 제약 없이 노래할 수 있게 해 준다. 그리고 자신을 돌이켜 보고 자기 시대의 비극을 명철하게 인식하는 과정 속에서, 한 개인의 불운과 속박, 약점들은 정형화된 감정을 벗어난 새로운 시, 보편성을 획득한 한 편의 작품이 탄생하는 계기를 만들어 준다.

아울러 비용은 선구적인 '도시의 시인'이자 '기억의 시인'이기도 했다는 점을 기억해 둘 필요가 있다. 15세기 파리는 그 인구가 런던의 네다섯 배에 달하며 20만여 명에 이르는 사람들이 군집한 문자 그대로의 대도시였다. 비용과 당대인들에게 파리는 세계의 중심이자 정치, 종교, 경제, 학문의 중심지인 동시에, 소란스러움과 떠들썩함으로 충만한, 각양각색의 숱한 사람들이 우글거리고, 온갖 유혹과 위험, 소란스러운 동요를 간직한, 쾌락과 위험이 공존하는 그런 곳이기도 했다. 창녀들과 경관들, 무뢰배들과 바보들, 광대들과 취한들, 법조계 인물들과 성직자들, 상인들과 주변인들로 혼잡한 거리에서, 시인은 개인적인 삶의 경험들과 특별한 삶의 순간들을 자신의 작품 안에

표현하며, 다양한 이들의 삶과 자신의 삶 자체를 작품의 제재로
삼게 된다. 대도시 파리는 어느덧『유언의 노래』의 내부 공간이
되며,『유언의 노래』는 조금씩 미궁을 닮은 외부 공간으로서의
파리로 변모한다. 그리고 그 안에서 비용은 끊임없이 변화하는
'카니발', 불확실한 '가면의 세계'를 펼쳐 보이며, 끝없는 선율과
변화무쌍한 프리즘 속에 빠져들 것을 과거와 현재 그리고 미래의
독자들에게 이야기한다.

세계시인선 4   유언의 노래

1판 1쇄 찍음 2016년 5월 10일
1판 1쇄 펴냄 2016년 5월 19일

지은이   프랑수아 비용
옮긴이   김준현
발행인   박근섭, 박상준
펴낸곳   (주)민음사

출판등록   1966. 5. 19. (제16-490호)
주소   서울시 강남구 도산대로1길 62
         강남출판문화센터 5층 (06027)
대표전화   515-2000   팩시밀리 515-2007

www.minumsa.com

ISBN 978-89-374-7504-7 (04800)
       978-89-374-7500-9 (세트)

세계시인선